KB114606

The Record of

재중
귀환록

FUSION FANTASTIC STORY

푸른 하늘 장편 소설

재중 귀환록 8

푸른 하늘 장편 소설

초판 1쇄 찍은 날 § 2014년 9월 26일
초판 1쇄 펴낸 날 § 2014년 10월 3일

지은이 § 푸른 하늘
펴낸이 § 서경석

편집부장 § 권태완
편집책임 § 박가연

펴낸곳 § 도서출판 청어람
등록번호 § 제387-1999-000006호
등록일자 § 1999. 5. 31
어람번호 § 제1-1951호

주소 § 경기도 부천시 원미구 부일로 483번길 40 서경B/D 3F (우) 420-822
전화 § 032-656-4452 팩스 § 032-656-4453
http://www.chungeoram.com
E-mail § chungeorambook@daum.net

© 푸른 하늘, 2014

ISBN 979-11-316-9927-0 04810
ISBN 979-11-5681-939-4 (세트)

The Record of Dragon's Return

재중귀환록

8

꼴통

푸른 하늘 장편 소설

FUSION FANTASTIC STORY

도서출판

청어람

CONTENTS

Chapter 01
진화

재중귀환록

"나 왔다."

재중이 아무렇지 않은 듯 문을 열고 들어섰다.

그 모습은 도무지 일주일 동안 밖에 있다 들어온 사람 같
지 않았다.

마치 잠깐 나갔다 들어온 사람 같았다.

물론 그런 재중을 맞이한 연아의 표정에는 찬바람이 불
었지만 말이다.

"오빠, 웃음이 나와?"

"응? 왜? 무슨 일이라도 있어?"

사실 테라와 흑기병이 있는 한 연아와 카페 식구들에게 무슨 일이 생기려야 생길 수가 없는 상황인 것도 있었다.

재중이 아무렇지 않게 물어보자 연아가 떨리는 목소리로 말했다.

"어떻게… 무슨 일인지 설명도 없이 사라지면 어쩌자는 거야?"

"이렇게 잘 돌아왔잖아."

연아가 잔소리나 좀 할 것으로 생각했던 재중은 아무렇지 않게 대답했다.

그런데 그 순간 연아의 눈에서 눈물이 흘러내리기 시작했다.

주르륵.

"…엇? 왜 울어?"

재중은 연아가 갑자기 울자 다가가 흐르는 눈물을 닦아 주려고 했다.

탁!

하지만 연아가 재중의 손을 먼저 쳐버렸다.

"오빠는… 왜 그렇게 생각이 없는 거야? 오빠마저… 잘 못되면 난 어쩌라고. 이제 세상에 가족이라고는 오빠와 나 뿐이잖아. 오빠까지… 무슨 사고라도 생기면 어쩌라고… 흑흑흑."

"……."

재중은 연아의 눈물이 섞인 목소리를 듣고서야 자신이 얼마나 큰 실수를 했는지 깨달았다.

연아의 친부모, 즉 재중의 두 분 부모님은 사고로 돌아가셨다.

그런데 연아의 양부모도 교통사고로 어느 날 갑자기 돌아가신 것이다.

당연히 연아로서는 충격이 클 수밖에 없었다.

그런 상황에 재중까지 일주일 동안 자는 모습만 보여주면서 불안하게 만들었다.

당연히 연아는 재중을 눈으로 확인하기 전까지는 긴장한 채 생활했을 것이다.

물론 겉으로 내색하진 않지만 말이다.

하지만 가슴속으로는 매일 재중마저 갑자기 사라지면 어떻게 해야 할지 걱정이 많았을 것이다.

"미안하다."

재중은 천천히 손을 뻗어 연아를 안아주었다.

"떨어져! 나 지금 기분 안 좋아!"

연아가 성질을 내면서 재중의 품을 벗어나려고 했다.

하지만 평범한 여자인 연아가 재중의 품에서 벗어나기는 사실상 불가능하다.

결국 잠깐 앙탈을 부리던 연아는 잠잠해졌다.

재중이 다시 연아에게 말했다.

"미안하다. 생각 못했어. 네가 불안해할 거라는 걸 말이야."

재중이 진심으로 사과하자 흐느끼던 연아의 울음소리가 잦아들었다.

연아가 잠시 동안 아무 말 없더니 천천히 재중의 품에서 벗어났다.

연아는 새침한 표정으로 재중을 보며 말했다.

"아니야. 내가 좀 예민해져 있었나 봐. 하지만 다시는… 다시는 나에게 말없이 어디 가지 말아줘, 오빠."

"그래, 다음에는 어디에 가든 너한테는 꼭 말하고 다닐게."

자신에 대해서 사실대로 말할 수 없는 게 현재 재중의 상황이기는 했다.

그래도 일주일이나 연락이 두절되어 걱정을 끼친 것에 대해서 미안한 마음이 들었다.

"테라."

―네, 마스터.

"흑기병도 나와 봐."

—네.

쑤우욱~

재중은 한참이나 화가 난 연아를 달래주고 그녀가 잠이
든 것을 확인한 뒤에야 나왔다.

1층 소파에 앉은 재중이 테라와 흑기병을 불렀다.

본래 이곳은 카페였을 당시 여대생들이 가장 좋아하던
장소였다.

커다란 창문이 무척 매력적이어서 항상 손님이 자리를
잡고 있던 곳이었다.

하지만 지금은 거실과 홀을 겸해서 사용하는 곳으로 바
뀐 상태이다.

원래는 카페를 집으로 개조하면서 지하에 있는 주거 공
간을 모두 지상으로 끌어 올릴 생각이었다.

하지만 식구들의 반대로 그냥 그대로 둔 것이다.

지하라는 특성상 주변의 소음이 전혀 들리지 않는다는
장점이 있었기 때문이다.

그래서 조용한 것을 좋아하는 연아와 전희준이 지금까지
해온 대로 잠은 지하에서 자겠다고 먼저 말했다.

특별히 반대할 만한 이유도 없어서 재중도 그러라고 했
다.

지하라면 필연적으로 걱정하는 게 습기로 인한 곰팡이나

탁한 공기 문제다.

하지만 재중의 집은 마법적 처리로 그러한 문제가 전혀 생기지 않는 상태다.

그래서 오히려 그녀들에게는 지상보다 지하가 더욱 포근하게 느껴진 것이다.

사정이 그러다 보니 1층은 거실과 홀을 겸하고 2층은 옷을 보관하는 곳, 3층은 책을 보관하는 곳으로 변해 버렸다.

모르는 사람이 보면 좀 이상하다고 생각할 만큼 기형적인 구조가 되긴 했다.

보통은 사람이 지상층에 살고 물건 등은 지하에 보관을 하는데, 어째 그 반대가 되어버린 것이다.

하지만 처음부터 마법으로 만들어놓은 최고의 주거 공간에 익숙해진 그녀들이었다.

그녀들에게는 오히려 지상의 공기가 탁하게 느껴지고 주변의 소음이 스트레스로 다가왔다.

"정확하게 지금 내 몸 상태가 어떤 거지?"

재중은 2차 각성에서 드래곤의 의식과 싸워서 일주일 만에 깨어났다.

몸에서 뭔가 변화가 느껴지긴 했지만 정확하게 그것이 뭔지는 알 수가 없었다.

드래곤의 가디언인 흑기병과 드래곤의 모든 지식을 가지고 있는 마도서인 테라다.

　두 사람이 모른다면 사실상 세상 누구도 알 수가 없는 일이다.

　—마스터는 어떤 정보를 원하세요?

　그런데 오히려 테라가 재중에게 정보의 범위를 물어왔다.

　"정보가 생각보다 많은가 보군."

　보통 이런 경우 테라의 성격상 알아서 설명을 해줄 거였다.

　그런데 굳이 정보의 범위를 물었다는 것은 그만큼 많은 양의 정보가 있다는 것을 뜻한다.

　—사실 제가 100% 정확한 대답을 드리긴 어려운 부분이 많아요.

　"하긴, 인간이 드래곤이 된 경우는 없을 테니까."

　재중도 테라가 어째서 정확한 정보를 줄 수 없다는 것인지는 충분히 이해를 하고 있었다.

　그래서 그런지 그런 것은 크게 개의치 않는 표정이다.

　"자세한 것은 필요 없어. 어차피 드래곤의 기준에서 기록된 정보는 나에게 참고 사항일 뿐이니까."

　—네, 마스터. 그럼 우선 마스터의 몸의 변화에 대해서

말씀드릴게요.

재중은 대답 대신 고개를 끄덕였다.

대화의 흐름을 끊지 않기 위함이다.

―우선 .몸의 마나 로드가 다시 정상으로 돌아왔다는 것이 가장 큰 변화예요. 이미 말씀은 드렸으니 아실 것이지만 사실상 마나 로드가 변하는 경우가 저도 처음 겪는 경우라서 정확하게 설명을 할 수가 없어요, 마스터.

"정상으로 돌아온 것이 위험한 건가?"

재중은 테라가 말하는 정상으로 돌아왔다는 말뜻을 이해하기 힘들었다.

―처음 마스터께서 1차 각성으로 인해 마나 로드가 뒤집어진 것은 이미 알고 계시죠?

끄덕.

재중은 고개를 끄덕였다.

사실 그 마나 로드가 뒤집힌 것을 모른 상태로 천황무를 수런하려다가 애를 먹었으니 당연했다.

―그런데 이번 2차 각성을 하면서 마나 로드가 다시 본래의 자리로 돌아왔어요, 마스터.

"그랬지……. 하지만… 자세한 설명이 필요하다는 생각이야."

재중은 그냥 테라가 마나 로드가 정상으로 돌아왔다고

했기에 그런가 보다 했다.

정상이라고 대충 이해만 하고 있을 뿐이었다.

정확하게 정상으로 돌아온 마나 로드가 어떤 것을 기준으로 정상을 말하는지는 전혀 모르고 있었다.

거기다 예전 대륙에 있을 때, 마나 로드에 대해서 베르벤에게 들었던 이야기가 있기도 했다.

그런데 그때 들은 이야기와 지금 자신의 상황이 좀 다른 것도 있기에 물어본 것이다.

―지금 마스터께서 이상하게 생각하시는 것이 무엇인지 저도 대충 짐작하고 있어요. 인간에서 드래곤이 될 때 뒤집어진 마나 로드가 어째서 2차 각성으로 인해 드래곤의 완전체라는 성룡이 된 마당에 정상으로 돌아왔느냐 하는 거죠?

"맞아. 내가 마법은 모르지만 베르벤에게 모든 생물은 각자 고유의 마나 로드를 가지고 있다고 들었지. 그리고 그 마나 로드가 바로 생물의 존재와 살아가기 위한 마나의 흐름을 조절하는 역할을 한다는 것도 말이야."

―맞아요, 마스터. 인간은 인간 특유의 마나 로드가 있고, 엘프는 엘프만의, 그리고 드래곤은 드래곤만의 마나 로드가 있어요. 이건 신이 생명을 창조할 때 만들어놓은 것이기에 절대로 변할 수가 없는 거죠.

방금 테라가 한 말은 재중이 알고 있는 상식에 오히려 힘을 실어주었다.

그런데 정작 재중 본인은 지금 테라가 말한 것에 어긋나 있는 것이다.

신이 창조한 생명체 고유의 마나 로드를 한 번도 아니고 두 번이나 뒤집어 버렸으니 말이다.

―사실 저도 어째서 이렇게 된 것인지는 모르지만, 한 가지 가장 가능성이 높은 것이 있긴 해요.

테라가 재중을 똑바로 보면서 잠시 말을 멈추더니,

―이건 드래곤의 지식과 저의 생각이기에 주관적이긴 하지만… 어쩌면 마스터께서는 진화를 하신 것 같아요.

"진화?"

재중은 테라의 말에 처음으로 당황한 표정을 지었다.

하지만 곧 표정이 살짝 굳어지면서 테라의 말이 틀렸다고 할 수도 없음을 깨달았다.

"내가 인간의 틀을 벗어나 진화했다는 건가?"

나직이 중얼거리는 재중의 말에 테라는 의외로 고개를 저었다.

―인간으로서의 진화가 아니라 드래곤의 종족 틀에서 진화했다는 게 아마 가장 더 가능성이 높을 거예요, 마스터.

이미 재중은 1차 각성 때부터 외모는 인간이지만 본질은 드래곤이 되었다.

진작에 인간의 틀을 벗어났으니 인간으로서의 진화라는 말은 정확하게는 틀린 말이긴 했다.

그런데 드래곤의 진화라는 말은 쉽게 이해가 가지 않는 표현이었다.

재중이 의아해하는 눈으로 테라를 쳐다봤다.

─이건 저도 뭐라 단정 지을 수가 없지만, 마스터의 가슴에는 드래곤 하트와 똑같은 역할을 하는 휴먼 하트가 있어요. 그리고 마스터는 드래곤의 증거인 드래고닉 오러와 드래곤 피어를 사용하셨으니 드래곤인 건 확실해요.

테라는 드래곤의 증거라고 말하지만 사실 재중으로서는 그게 그렇게 큰 증거가 되는 건가 싶기도 했다.

겨우 드래고닉 오러라는 기술과 드래곤 피어를 썼다는 것만으로 드래곤이라고 단정 지을 수 있을 정도로 대단한 일인가 싶어서 말이다.

하지만 재중은 별말 하지 않고 테라의 말에 그저 입가에 미소를 그릴 뿐이었다.

─지금 마스터께서 쉽게 받아들이지 못하는 것도 이해해요. 저도 인간이 드래곤의 피를 받아들인 것도 모자라 2차 각성까지 거쳐서 성룡이 되었다는 것은 들어본 적이 없으니까요.

"하긴, 나도 몰랐으니."

재중도 자신이 이 정도로 괴물이 될 것이라고는 베르벤에 끌려갔을 때만 해도 전혀 예상하지 못했다.

하지만 처음 예상했던 것과는 달리 자신은 괴물이 되었다.

그리고 지금은 2차 각성까지 마친 엄연한 드래곤이 되어 버렸다.

그런데 드래곤이 되었는데 어째서 여전히 인간의 모습을 그대로 유지하고 있는지는 재중 스스로도 아직 이유를 알 수가 없었다.

─마스터, 드래곤 브레스, 드래고닉 오러, 드래곤 피어의 기술 앞에 왜 드래곤이 붙는지 아세요?

"……?"

재중은 뜬금없는 테라의 질문에 고개를 갸웃거리곤 입을 열었다.

"드래곤이 사용하는 기술이니 그렇겠지."

당연했다.

드래곤 브레스를 오크가 사용할 수는 없는 법이니 말이다.

오크가 만약 브레스를 쓸 수 있다면 그건 오크 브레스지 드래곤 브레스가 될 수 없었다.

그런데 테라는 재중의 말을 듣고는 입가에 미소를 띠었다.

―마스터의 대답은 반은 맞았지만 반은 틀렸어요.

"……?"

―드래곤 브레스, 드래고닉 오러, 드래곤 피어의 기술 이름에 드래곤이 붙는 이유는 드래곤이 사용하기 때문이기도 하지만, 정확하게는 드래곤이기에 사용할 수 있어서 그렇게 붙은 거예요.

"그 말은 본질적으로 드래곤 이외의 생물은 사용할 수 없다는 뜻이겠지?"

테라의 말을 대충 이해한 재중이 되물어보자,

―딩동댕~ 맞아요, 마스터. 드래곤만 가지고 있는 드래곤 하트, 그리고 드래곤만의 마나 로드가 있어야만 모두 쓸 수 있는 기술이에요.

"그 말은 기술을 쓰는 것 자체가 하나의 드래곤이라는 증거가 되는 셈이겠군."

재중이 테라의 말을 이해했다는 듯 대답하자,

―맞아요. 아무리 외형이 인간, 아니, 오크, 하다못해 땅속의 두더지 모습을 하고 있다고 해도 드래고닉 오러와 드래곤 피어, 그리고 드래곤 브레스 중에 한 가지만이라도 사용한다면 그 존재는 드래곤으로 인정받는 거예요.

"쩝. 모습이 아니라 본질로 종족을 인정한다……. 역시 드래곤다운 방식이군."

재중은 테라가 자신에게 하고 싶은 말이 뭔지 정확하게 이해했다.

즉 재중이 사용한 드래고닉 오러, 드래곤 피어, 드래곤 브레스는 한마디로 드래곤 사이에서는 주민등록증과 같은 역할을 한다는 것이다.

인간의 사고방식으로는 도저히 이해할 수 없는 방식이었다.

하지만 재중은 또다른 한편으론 이해가 되기도 했다.

인간이란 동물은 자신과 조금만 달라도 꺼려 하니 말이다.

피부색이 다르다는 이유로 동물원의 동물 구경하듯 하고, 만지고, 심지어 때리기까지 하는 것이 바로 인간이다.

인종 차별이라는 웃기지도 않는 것도 모두 인간들의 이러한 특성 때문에 생겼다는 것은 이미 누구나 알고 있는 사실이기도 하다.

"생각의 차이군."

생각의 범위를 넓히고 보는 시각을 조금 다른 쪽에서 보자 드래곤이 동족을 인정하는 방식이 딱히 이상하게 느껴지지 않았다.

흑인종, 백인종, 황인종으로 나누지만 결국 본질은 같은 인간이다.

—맞아요. 생각의 차이, 그리고 그걸 받아들이는 방식의 차이일 뿐이죠.

씨익~

재중은 테라가 하려는 말의 핵심을 정확하게 이해했고, 그렇기에 웃었다.

그러면서 점차 재중의 무의식에 남아 있던 인간과 드래곤간의 정체성 갈등이 약간은 무뎌지기 시작했다.

—그리고 2차 각성으로 인해 마나 로드가 정상으로 돌아왔기에 마스터께 좋은 소식도 있어요.

"좋은 소식?"

재중은 딱히 자신에게 좋은 소식이랄 것이 없다는 생각에 고개를 갸웃거렸다.

—마스터께서도 이제 남자가 되었어요.

"응? 남자라니?"

테라의 말이 무슨 뜻인지 재중은 잘 이해가 되지 않았다.

남자가 되다니?

재중은 본래부터 남자였다.

—후후후후훗, 이제 마스터께서도 아이를 낳을 수 있는 몸이 되었다는 뜻이에요.

"아이를?"

전혀 생각지도 않던 테라의 말에 재중은 표정이 살짝 변하긴 했다.

하지만 조금일 뿐, 테라가 예상한 것보다는 반응이 무덤덤했다.

—기쁘지 않으세요? 마스터는 고자라는 걸 그다지 좋아하지 않으셨잖아요.

테라는 재중이 크게 기뻐하진 않아도 환하게 웃을 줄 알았었다.

그런데 뜻밖에도 재중의 표정은 변화가 없었다.

"뭐, 어차피 난 결혼할 생각이 없으니까."

—…….

테라는 재중의 말에 잠시 입을 다물었다.

그것도 그랬다.

사실 재중이 아이를 낳을 수 있는 몸으로 되돌아왔다고 해도 크게 달라질 것이 없었으니 말이다.

인간의 수명은 길어야 90년에서 100년이다.

하지만 재중은 최소 몇만 년의 수명을 가지고 있는 상태이다.

만약 100년 단위로 결혼한다고 하면 결혼한 여자가 늙어서 죽어가는 것을 수백 번을 봐야만 하는 것이 지금 재중의 현실이다.

그런데 이런 상태에서 결혼을 할 수 있을까?

재중이 계속되는 연아의 재촉에도 결혼에 대해서 털끝만큼도 관심을 안 보이는 데는 이유가 있다.

드래곤 특유의 무심한 성격도 원인이지만 스스로 이미 자신의 수명을 인지하고 있기 때문이다.

─그냥 작은 마스터를 위해서 한 번은… 하셔야 하지 않을까요?

대개의 경우 연아를 위해서라면 웬만한 것은 모두 들어주는 재중이다.

그렇기에 아무리 재중이라도 한 번 정도는 연아를 위해서 결혼을 해서 살아보는 것도 나쁘지 않을 것 같았던 것이다.

테라가 물은 이유는 그거였다.

하지만 재중은 단호하게 고개를 저었다.

"테라, 내 이득을 위해서 사랑하지도 않는 여자와 삶을 함께한다. 그게 과연 옳은 일일까? 거짓으로 시작된 삶은 결국 거짓으로 끝나는 법이야."

─그렇긴 하지만… 마스터가 결혼하지 않으면 작은 마스터께서도 결혼하지 않으실 것 같아서 하는 말이에요.

재중도 테라가 자신의 성격을 몰라서 한 말은 아니라고 생각하기에 나무라진 않았다.

그리고 테라가 걱정하는 것처럼 재중도 연아가 지금 자신의 결혼에 집중하고 있다는 것도 이미 느끼고 있는 중이다.

하지만 연아가 원한다고 사랑하지도 않는 여자와 살 수는 없지 않는가?

재중에게 결혼은 최소한 서로 사랑하고 원해서 하는 것이었다.

누군가의 이득이나 바람을 위해서가 아닌 당사자들의 행복이 먼저인 것이다.

하지만 이런 문제를 다 차치하더라도 가장 문제인 부분은 따로 있었다.

바로 재중 본인이 드래곤으로 자아가 강해서인지 인간의 이성에게 그다지 매력을 느끼지 못한다는 것이다.

본래 죽을 때까지 혼자 살아가는 경우가 대부분인 드래곤이었다.

때문에 드래곤 특유의 자아가 강해지면 강해질수록 인간의 이성에게서 매력을 느껴 반려를 찾는다는 것은 사실상 쉽지 않게 된 것이다.

"그보다, 테라."

─네, 마스터.

"내가 자식을 다시 낳을 수 있는 몸이 되었다는 말은…

마나 로드가 보통 인간의 것과 같이 돌아온 게 원인이겠
지?"

　계속 결혼에 대해서 이야기해 봐야 재중이 마음을 바꾸
지 않는 이상 끝없이 같은 이야기만 반복된다.

　하는 수 없이 재중이 슬쩍 이야기를 돌렸다.

　ー네, 전에도 말씀드렸다시피 어째서 다시 인간과 같은
마나 로드로 되돌아온 것인지는 모르겠지만 지금 마스터는
완벽하게 보통 인간과 같은 마나 로드를 가지고 있어요. 대
륙에서 베르벤이 마스터의 마나 로드가 뒤집히면서 인간의
것을 벗어나 아이를 낳지 못하는 몸이 되지 않았을까 하는
추측을 했는데, 결과적으로 그 추측이 맞았다는 결론이에
요.

　재중도 어렴풋이 눈치채고 있긴 했다.

　자신이 처음 대륙으로 끌려가 드래곤의 피를 마시면서
고통에 몸부림칠 때 그때 자신의 마나 로드가 바뀐 것일지
도 모른다고 말이다.

　일반적으로 생물 고유의 마나 로드는 정해져 있었다.

　이건 신이 생물을 창조하면서부터 정해진 것이다.

　마나 로드가 조금만 어긋나도 몸에 장애가 생길 만큼 중
요하면서도 민감했다.

　대륙의 인간들이 드래곤의 피를 한 방울만 먹고도 모두

죽었던 것은 모두 그 때문이다.

정해진 마나 로드가 강제로 바뀌는 과정은 사실 있을 수 없는 일이었으니 말이다.

베르벤도 그것을 알기에 굳이 차원을 넘어 지구까지 오는 수고를 했다.

다른 차원의 인간이라면 어쩌면 마나 로드가 변해도 살아남을 수 있을지도 모른다는 아주 작은 가능성을 믿었던 것이다.

뭐, 결과적으로 재중을 찾았으니 베르벤의 도박은 성공한 셈이었다.

"그럼 이제 천황무를 수련하는 데 문제가 없겠군."

재중에게 천황무를 익히는 데 가장 걸림돌이 된 것은 바로 마나 로드, 천황무에서는 기가 움직이는 기맥(氣脈)이었다.

그런데 2차 각성으로 뜻하지 않게 마나 로드가 정상으로 돌아왔다니 가장 큰 걸림돌이 사라진 것이다.

ㅡ네, 이론상으로는 전혀 문제가 없어요, 마스터.

씨익~

테라의 말에 재중은 입가에 미소를 지었다.

이미 충분히 강한 재중이었다.

하지만 자신의 강함과는 별개로 무공이란 것이 과연 어

떤 것인지가 궁금했다.

　호기심은 재중도 어쩔 수 없었다.

　이건 재중이 드래곤이라는 특성을 떠나 순수하게 남자이
기에 느끼는 호기심이었다.

Chapter 02
뒷처리

재중귀환록

"어? 관둔 거 아니었어?"

"정말 난 서영 선배랑 헤어진 줄 알았는데……."

재중이 2차 각성 때문에 갑작스럽게 수업에 빠지면서 천서영 역시 한동안 재중이 수업을 듣는 강의실에 나타나지 않았었다.

그러자 드디어 천서영이 재중에게 질려서 떠났다는 소문이 돌기 시작했다.

거기다 재중은 천서영이 떠나 충격을 받고 학교에 오지 않는다는 소문까지 돌았다.

당연히 남학생들은 환호했다.

그들은 그동안 천서영이 철벽이라기보다 재중에게 올인했기에 자신들에게는 기회가 오지 않았다고 생각했었다.

드디어 가진 것도 없는 재중에게 질려서 헤어졌으니 자신들에게도 기회가 왔다고 생각했다.

그 증거로 재중이 이틀째 수업에 빠지면서 천서영 주변에 나름 집안이 된다는 녀석들이 서성거리기 시작했다.

그렇게 되자 소문이 진실이 되는 것은 한순간이었다.

거기다 천서영도 그동안에는 수업을 마치면 곧장 재중의 강의실로 갔었는데 그와 달리 주변 학생들과 보내는 시간이 생긴 것이다.

그러자 급기야 학교에는 재중이 죽었다는 말까지 퍼지고 있었다.

그런데 그런 소문이 삽시간에 사라지는 사건이 오늘 벌어진 것이다.

"저걸 보면 헛소문이 확실하네."

"그러게. 누가 퍼뜨렸는지 모르지만 저걸 보면 배 좀 아프겠다."

재중의 옆에 차분하게 걷고 있는 천서영의 모습은 헤어졌다느니 재중이 죽었다느니 하는 소문이 가라앉게 하기에 충분했다.

거기다 재중의 수업이 끝나자 변함없이 천서영이 재중의 강의실에 모습을 드러내기도 했다.

일주일 동안 S대를 떠들썩하게 했던 소문은 삽시간에 사라져 버렸다.

"재중 씨, 여행은… 잘 다녀왔어요?"

연아가 재중이 급한 일 때문에 잠시 어딘가 갔다고 했지만, 천서영을 안심시키지는 못했던 듯했다.

여자의 직감인지 천서영은 그 후로도 꼭 재중의 집에 들른 다음에 학교로 가곤 했다.

여자라서 알 수 있는 느낌이라고나 할까?

연아가 자신에게 무언가 숨긴다는 것을 은연중에 느낄 수 있었던 것이다.

하지만 사업적인 관계 외에는 천서영은 남이다.

재중이 어디 갔는지 깊이 물어보고 싶은 마음은 굴뚝같아도 그럴 수가 없었다.

그래서 그녀가 선택한 방법이 바로 매일 학교 가는 길에 재중의 집에 들렀다가 가는 것이었다.

물론 수업을 마치고 집에 가는 길에도 빈집이라도 꼭 눈으로 확인하고 가는 것은 당연했다.

그리고 그런 노력이 결실을 맺었는지 오늘 드디어 재중이 있는 것을 확인하고 같이 학교에 올 수가 있었다.

멀쩡히 잘 돌아왔다는 건 알았지만 그래도 자신이 좋아하는 남자가 아무 말 없이 일주일 동안 사라졌다가 다시 나타났으니 이유가 궁금할 수밖에 없었다.

그래서 분위기를 봐서 슬쩍 물어보자 애매한 답이 돌아왔다.

"뭐, 나름 얻은 것이 많은 여행이었죠."

무슨 뜻인지 모를 말에 천서영이 재중을 물끄러미 쳐다봤다.

하지만 역시나 그 이상을 물어보기에는 무리가 있는 그녀였다.

연아는 가족이기에 모르겠지만 재중을 대하는 사람은 모두 공통적으로 느끼는 불편함을 천서영도 그대로 느끼고 있었다.

무뚝뚝하다, 시크하다, 쿨하다, 무관심하다, 욕심이 없어 보인다 등등.

재중을 만나고 조금이라도 아는 사람이라면 이구동성으로 하는 말이다.

하지만 천서영은 이런 말 뒤에 한마디를 더 붙이고 싶었다.

여자에게 관심이 없다는 것이다.

처음에 천서영은 자신과 캐롤라인이라는 미녀를 두고도

너무나 태연한 재중의 모습에 어쩌면 자신이 재중의 이상형이 아닐지도 모른다는 생각을 했다.

나름 미모와 몸매에 자신이 있었으니 말이다.

그래서 S대에 재중이 입학하자마자 재중의 곁에 찰싹 붙어 있기로 했다.

이유에는 우선 혹시라도 자신이 방심하는 사이 재중의 이상형이 나타날지도 모른다는 불안감 때문에 말이다.

하지만 연아가 재중은 적극적으로 다가가지 않으면 절대로 친해질 수 없는 성격이라고 귀띔해 준 것도 큰 영향이 있었다.

천산그룹의 손녀가 남자를 쫓아다닌다?

나름 상위 1%에 속한다는 사람들의 시선에는 정말 이슈 중의 이슈일 것이다.

천서영이 재중을 따라다니는 것은 평생 그녀 뒤에 붙을 소문이 될 것이 뻔했다.

그와 동시에 기업의 사교계에 가십거리가 되면서 뒤에서 수군거리는 사람도 많이 생길 것이다.

이건 예상이 아니라 당연히 그럴 수밖에 없는 일이었다.

한국에서 천산그룹이 갖는 위치를 생각하면 어쩔 수 없는 일이다.

천산그룹이 한국 땅에 뿌리를 박고 있는 한 천서영은 거기서 벗어날 수 없었다.

하지만 무엇보다 천서영은 여자였다.

혹시라도 재중과 헤어지고 다른 남자에게 시집을 간다고 해도 문제였다.

천산그룹의 위치를 생각하면 재중이 아니라면 결국 수준에 맞는 집안과 만나게 될 것이다.

그럴 경우 체면을 중시하는 집안의 특성상 남자에 미쳐서 따라다닌 전적은 생각 이상으로 큰 약점이 될 것이 분명했다.

과연 천서영이라고 아무런 생각 없이 재중을 따라다녔겠는가?

연아가 아무리 부추기고 재중의 무신경한 모습이 불안했지만 어릴 때부터 사람의 시선을 어떻게 받아야 하는지 교육을 받아온 그녀였다.

아무 생각 없이 저지른 일일 리 없었다.

천서영은 재중을 놓고 고민하던 중 우연히 그런 생각이 들었다.

'누군가를 좋아하는 것에 왜 눈치를 봐야 할까?'

정말 평범한 사람들에게는 너무나 당연한 생각일 것이다.

하지만 자신의 모든 것을 보는 사람을 의식해서 보여주는 이미지가 대부분인 삶을 살아온 천서영에게는 놀라운 생각이었다.

그러면서 그녀는 자신의 모든 것을 걸고 누군가를 좋아하는 것이 과연 옳은 일인지 아닌지에 대해서 생각해 보았다.

물론 결과는 당연히 옳다는 것으로 결론이 났다.

결국 그런 아주 작은 생각의 변화가 정작 천서영에게는 엄청나게 파격적인 행동으로 나타난 것이다.

천산그룹의 천서영이 남자를 쫓아다닌다는 것으로 말이다.

물론 천 회장이 뒤에서 천서영에 대한 모든 것을 묵인하고 막아버렸기에 가능하긴 했다.

천산그룹뿐만이 아니라 집안에서도 천 회장은 절대적인 믿음을 받고 있었다.

그런 천 회장의 그냥 모른 척하라는 말 한마디에 천서영의 부모가 조용해진 것을 보면 확실히 천 회장의 카리스마가 대단하긴 했다.

하나밖에 없는 딸이 남자에 미쳐서 쫓아다닌다는 소문을 딸 가진 부모가 듣고 묵묵히 참는 것을 보면 말이다.

뭐 당연한 이야기지만 정작 이런 사정의 가장 중심에 있는 재중은 전혀 모르는 일이었다.

"응?"

거의 정문을 벗어나기 직전, 고급 승용차 한 대가 미끄러지듯 속도를 줄이더니 정문에서 멈춰 섰다.

그리고 그렇게 멈춘 차에서 70세 중반 정도로 보이는 노부인이 내렸다.

그런데 그녀를 본 천서영이 아는 사람인 듯 놀란 표정과 함께 공손히 인사를 했다.

"사모님, 오랜만입니다."

"어머, 서영 양이군요. 오랜만이에요."

"네. 그런데… 여긴 어쩐 일이세요?"

천서영이 공손하게 인사한 노부인은 나름 기업계에 몸담고 있는 사람이라면 대부분 아는 인물이었다.

노부인은 바로 태평그룹 박 회장의 부인이자 박태평의 할머니였다.

웬만해서는 바깥으로 나들이도 하지 않는 성격으로 알려져 있기도 하다.

천서영은 그녀가 S대를 찾아온 것이 너무나 놀랍기도 했지만, 순간 직감적으로 재중을 찾아왔을 거라는 생각이 들었다.

혹시나 살펴보자 역시나 노부인의 눈동자는 재중을 향해

있었다.

"선우재중 씨."

지긋한 나이지만 그녀의 목소리는 나긋하면서도 의외로 힘이 있었다.

"네."

"잠시 이야기를 나누고 싶은데요."

"…그러시죠."

이미 테라가 노부인이 누군지 은밀하게 알려준 상태였기 때문에 재중이 별 놀람 없이 순순히 승낙했다.

재중은 무엇 때문에 노부인이 자신을 찾아왔는지 대충 짐작하고 있다.

하지만 상대가 저렇게 정중하게 나온다면 재중도 굳이 멀리할 필요가 없기에 고개를 끄덕였다.

"서영 양에게는 미안하지만 잠시 빌릴게요."

노부인은 마치 천서영에게 허락을 구하는 것처럼 농을 섞어서 말했다.

"아, 아니에요, 사모님."

굳이 노부인이 천서영에게 양해를 구하지 않더라도 재중이 허락한 이상 그녀에게는 선택권이 없는 거나 마찬가지였다.

다만 양해를 구하는 말이 그나마 약간의 위로가 되긴

했다.

*　　　*　　　*

"초면에 실례가 많네요."

"아닙니다."

박태평과는 완전 다른 핏줄이라고 느껴질 만큼 재중의 앞에 있는 노부인은 예절과 매너가 기본적으로 몸에 밴 듯했다.

만약 박태평이 이런 할머니의 반, 아니, 반의반만 닮았어도 아마 천서영은 박태평과 결혼했을지도 모른다는 생각이 들 정도로 말이다.

"젊은 사람을 오래 붙잡고 있으면 늙은 사람의 주책이라고 생각할지 모르니까 본론을 말할게요."

"네, 말씀하세요."

"평이가 실례를 했다고 들었어요."

두 번이나 기절시켜서 병원에 실려 보낸 것을 노부인은 실례라고 은유적으로 표현했다.

하지만 재중은 그녀의 말을 듣는 순간 눈동자를 똑바로 마주 봤다.

과연 지금 그 말이 진심인지, 아니면 자신의 체면 때문에 하는 말인지 궁금했다.

'진심이군.'

2차 각성으로 인해 전보다 진심을 파악하는 능력이 향상된 재중이었다.

그런 재주의 눈으로도 진심을 담아 말했다는 것이 느껴졌다.

사실 의외이긴 했다.

박태평을 두 번이나 기절시킨 것도 모자라 나노 오리하르콘을 심어서 일상생활을 하는 데 지장이 없을 정도로만 근력을 제한했다.

그것을 알고 있을 텐데도 재중에게는 조금의 나쁜 감정도 느껴지지 않았으니 말이다.

그렇기에 재중은 노부인의 이런 반응이 조금은 의외였다.

한국의 자기 자식 사랑이 얼마나 유별난지 재중은 너무나 잘 알고 있었다.

그게 아니라도 일반적인 가정도 무조건 자기 자식 편을 들고 보는 편협한 사고방식이 기본인 것이 현재 한국이다.

하물며 태평그룹은 국내 3위에 있는 대기업이다.

박태평 스스로 상위 1%의 특별한 존재라고 자랑스럽게

말할 정도의 위치인 것이다.

사실 박태평만 보자면 정말 지금 노부인의 모습은 도저히 상상이 가지 않을 만큼 극과 극이다.

자만심과 자신은 특별한 사람이라는 의식이 뼛속까지 박혀 있는 박태평이 어떻게 저런 노부인의 핏줄인지 의심이 들 정도로 말이다.

"재중 씨라면 평이를 다시 돌려놓을 수 있을지도 모른다는 말을 들었어요."

"……."

재중은 간절함이 보이는 노부인의 눈동자를 보고는 말없이 그저 쳐다보기만 했다.

사실 재중은 그저 일상생활에 지장이 없을 정도로 힘을 제약했을 뿐이다.

그 외는 전혀 손댄 것이 없었다.

그래서 지금 노부인이 왜 박태평을 다시 돌려놓을 수 있는지를 물어보는지 이해가 되지 않았다.

재중은 우선 들어보기 했다.

"천 회장님에게 들었어요. 기공술을 하신다고."

"…네."

우선 재중의 능력은 천서영을 통해 기공술로 알려져 있고, 대외적으로 재중의 치료술 역시 기공술을 응용한 것이라고 한 상태였다.

재중이 고개를 끄덕였다.

"그리고 저희가 알아본 결과 기공술에 제압당한 경우 후유증을 풀 수 있는 방법은 당사자에게 부탁하는 게 가장 확실하다고 들었어요. 그래서 이렇게 찾아온 거예요."

"무슨 말씀인지 전 이해를 못하겠습니다. 전 딱히 박태평씨를 제압한 적이 없습니다만."

재중이 나노 오리하르콘으로 박태평의 힘을 봉인해 버린 것을 알 리가 없었다.

재중이 슬쩍 시치미를 뗐다.

"저는 여자에, 이미 늙어서 자세한 것은 몰라요. 하지만 몇 개월째 폐인처럼 살아가는 손자를 그냥 두고 볼 수 없기에 이렇게 찾아온 거예요."

폐인처럼 살아간다는 노부인의 말을 들은 재중은 슬쩍 테라를 불렀다.

'테라, 지금 저게 무슨 말인지 설명이 필요한데.'

딱 봐도 노부인은 그저 지푸라기라도 잡는 심정으로 자신을 찾아온 것이 확실해 보였다.

하지만 재중이 과하게 힘을 봉인한 것도 아니기에 노부인이 말하는 박태평의 상태가 잘 이해되지 않았다.

그러자 재중의 부름에 나타난 테라가 대수롭지 않게 입

을 열었다.

―아, 마스터께서는 그다지 신경 쓰실 일이 아니라서 보고하지 않았어요.

'노부인이 찾아올 만큼 뭔가 변화가 있긴 있었구나.'

재중이 나직하게 물어보자,

―뭐 정확하게 말하자면 마스터에게 얻어맞고 난 뒤 박태평은 그룹에서 서열이 밀려 버렸어요. 그의 동생인 박태형이 후계자 자리를 완전히 장악한 셈이거든요.

'그럼 딱히 나와는 상관이 없겠군그래.'

재중은 테라의 보고에 자신과는 전혀 관련이 없다는 생각이 들었다.

하지만 재중의 한마디에 테라가 조금은 난감한 듯 다시 말했다.

―그게… 완전히 관련이 없다고는 할 수 없는 상황이에요, 마스터.

'어째서 그렇지?'

―사실 그 당시 박태평은 벼랑 끝에 몰린 그룹 내 자신의 입지 때문에 시우바 회장을 꼭 만나야 했거든요. 그런데 그것이 마스터 때문에 돌연 취소되었어요. 그리고 천서영에게 재결합 의사도 계속 밝혔는데, 그것도 뭐 따지고 보면 마스터와의 충돌로 끝나 버렸거든요.

엄밀히 따지고 보면 재중이 갑자기 튀어나오면서 박태평은 모든 일이 꼬여 버린 셈이다.

마지막 희망이던 커피 프랜차이즈도 그랬다.

시우바 회장과 계약해서 그룹 내의 자신의 인지도를 올린다는 계획이었는데 시작도 해보기 전에 물거품이 되어버렸으니 말이다.

그뿐인가?

완전히 암을 치료한 천서영에게 다시 합치자고 한 것도 실패했다.

물론 천서영이 단칼에 거절했지만 결국 그들 같은 위치라면 개인적인 감정보다는 그룹에 이익이 되는 결혼을 하는 것이 당연하다.

그래서 박태평은 결국에는 천서영이 자신과 결혼하게 될 것이라 확신하고 있었던 것이다.

하지만 재중과 엮이면서 모든 것이 끝나 버렸다.

거기다 결정적으로 그 당시 시우바 회장이 돌연 자신과의 미팅을 취소한 것도 재중 때문이라는 것을 나중에 알게 되었다.

박태평의 입장에서는 미치고 팔짝 뛸 일이 아닐 수가 없었다.

하지만 복수는커녕 아마추어 복서로 전국체전에서 금메

달까지 떴던 화려한 기술과 힘은 이미 사라져 버린 뒤였다.

결국 박태평은 술독에 빠져서 방구석 폐인이 되어버린 것이다.

박태평의 할머니인 노부인은 나중에서야 그런 사정을 알고 나서 나름 사람을 시켜 사정을 알아봤다.

그 결과 지금 박태평이 좌절하게 된 것은 기공술로 힘을 제압당해 자신감을 잃어버렸기 때문이라는 이야기를 듣게 되었다.

사정이 이러하니 재중을 찾아오는 것은 어쩌면 당연했다.

모든 상황을 알게 된 재중은 속으로 피식 웃을 수밖에 없었다.

너무 곱게 키워서 손자가 나약해 빠진 정신 상태로 그 모양이 되었다는 생각은 하지 않고 있으니 말이다.

"제게 원하는 것이 무엇입니까?"

테라에게 지금까지 자신이 모르던 사정을 모두 들은 재중은 길게 이야기하는 것도 귀찮아서 직설적으로 물었다.

"…평이에게 힘을 돌려주세요."

노부인은 마치 재중이 박태평의 힘을 기공술로 빼앗았다는 확고한 믿음이 있는 듯 대답했다.

기공술은 아니지만 힘을 빼앗긴 했기에 재중이 노부인을

처다보며 나직이 입을 열었다.

"재력을 바탕으로 사람을 벌레 보듯 하는 녀석을 제가 왜 도와주어야 하는지 모르겠습니다."

"……."

노부인은 재중의 돌직구에 순간 할 말을 잃어버렸다.

사실 그녀도 박태평이 망나니짓을 하고 다니면서 사람을 다치게 하고, 그걸 돈으로 무마해 왔다는 것을 알고 있었다.

하지만 자기 자식의 잘못은 모든 것이 용서가 되는 것이 부모 아니던가?

결국 자기 자식이 더 귀한 법이었다.

"저도 알고 있어요. 평이가 몹쓸 짓을 많이 했다는 것을. 하지만 그래도 저희 집안의 장남이에요. 이렇게 죽어가는 것을 두고 볼 수는 없어요."

노부인이 딱히 박태평을 두둔하거나 편을 들진 않고 진심을 담아 사정하자 재중도 날카롭게 몰아세우던 표정을 지워 버렸다.

이미 세상을 살 만큼 산 노부인을 몰아붙여 봐야 결국 자기 자신이 손해라는 것을 잘 알고 있으니 말이다.

"정 그렇게 제가 도와주길 원하신다면 우선 봐드릴 수는 있습니다."

날카롭게 몰아붙이던 재중이 돌연 도와준다고 하자 노부인은 그제야 살았다는 듯한 표정으로 변했다.

"고마워요. 늙은이지만 원하는 것은 힘이 닿는 대로 꼭 보답할게요. 정말 고마워요."

노부인은 정말 감격해서 재중에게 감사를 전했지만 재중은 딱히 고마운 인사를 받자고 박태평을 도와주는 것이 아니었다.

아니, 재중이 박태평의 힘을 돌려줘서 그가 다시 본래 힘을 되찾는다고 해서 달라질지는 아무도 모르는 일이다.

거기다 태평그룹의 80%를 장악한 박태평의 동생 박태형이 과연 그걸 그냥 보고만 있을까?

권력, 힘이라면 부모도 죽이는 게 인간의 본성이라는 것을 잘 알고 있는 재중이다.

그렇기에 미련 없이 봉인을 풀어주려고 한 것이다.

어차피 재중이 나서지 않아도 박태평을 제거할 사람이 있으니 말이다.

띠리리~

"응?"

재중이 노부인과 함께 박태평에게 가려고 일어서는데 휴대전화가 울렸다.

꺼내 보니 SY미디어 이태형 이사였다.

"……?"

여태까지 딱히 경영에 간섭하지 않았고 자금은 테라가 알아서 처리하고 지원해 주고 있었다.

그래서 인지 별문제가 없기에 연락할 일도 없었다.

그동안 연락이 없던 사람에게서 전화가 오자 재중이 고개를 갸웃거렸다.

어쨌든 재중이 전화를 받았다.

─저 이태형 이사입니다, 대표님.

"네, 말씀하세요."

─저기… 혹시 오늘 바쁘지 않으시면 저희 쪽으로 와주실 수 있는지 해서 연락드렸습니다.

"오늘요? 무슨 일이죠?"

─그게…전화상으로는 좀 곤란해서……. 오시면 직접 말씀드리려고 합니다만.

재중이 워낙에 무뚝뚝하고 말이 없다 보니 이태형 이사도 재중이 SY미디어를 인수한 뒤로 만난 횟수가 겨우 한 손에 꼽을 만큼 적었다.

그러다 보니 이태형이 재중에게 전화를 거는 것은 웬만큼 중요한 일이 아니고서는 없었다.

재중은 묻기보다 대답을 먼저 했다.

"그럼 서너 시간 뒤에 제가 그쪽으로 가겠습니다."

—네, 그럼 기다리겠습니다, 대표님.

　딸각.

　전화를 끊은 재중은 노부인과 함께 길을 나섰다.

　폐인으로 살아간다는 박태평에게 도착해 보니 정말 말 그대로였다.

　방구석 폐인도 이런 폐인이 없었다.

　그가 있는 곳은 산중의 별장이었다.

　한데 막상 안으로 들어가자 가장 먼저 술 냄새가 재중의 코를 자극했다.

　그뿐이 아니라 퀴퀴한 냄새가 별장 전체에 가득 차 있다.

　"누구……?"

　누군가 들어왔는데도 완전히 회색으로 변한 눈동자는 여전히 흐리멍덩했다.

　노부인이 왜 그토록 절박한 모습으로 자신을 찾아왔는지 피부로 느끼기 충분했다.

　그만큼 박태평의 상태는 심각해 보였다.

　주르륵.

　노부인은 결국 박태평을 보자 참았던 눈물을 소리 없이 흘리기 시작했다.

　하지만 그걸 보고 있는 박태평의 눈동자는 여전히 죽어

있는 상태 그대로였다.

"생각 이상이군."

재중도 설마 박태평이 이 정도로 망가졌을 줄은 예상하지 못했다.

어릴 때부터 자신이 원하는 것은 힘을 써서라도 가졌고, 자신은 특별한 인간이라는 생각이 머릿속에 가득하던 인물이다.

그런 놈이 설마 이렇게까지 망가질 줄은 몰랐다.

하지만 본래 높이 오를수록 떨어졌을 때는 바닥까지 빠르게 떨어지는 법이다.

물론 박태평의 경우는 떨어졌다기보다 하늘에서 땅으로 로켓을 쏴서 땅속에 쑤셔 박았다고 표현해도 될 만큼 심각했지만 말이다.

"부탁드릴게요."

노부인이 재중에게 눈물이 가득한 눈동자로 부탁했다.

재중은 조용히 구석에 등을 기댄 채 멍한 표정으로 허공만 바라보는 박태평에게 다가갔다.

"내가 누군지 기억하나?"

재중이 공허한 모습의 박태평에게 다가가 한마디 했지만 그는 재중을 한번 쳐다볼 뿐 딱히 반응이 없었다.

"이래도 모른 척할 텐가?"

재중이 천천히 손을 들어 박태평의 가슴에 슬쩍 가져다 대었다.

마치 예전 주차장에서 재중에게 얻어맞아 두 번째 기절 했을 때와 똑같은 느낌으로 말이다.

화들짝!!

후다닥!!

씨익~

아무리 눈동자가 죽었다고 해도 몸이 기억하는 트라우마 는 쉽사리 벗어날 수 없었다.

그리고 그걸 지금 박태평이 여실히 보여주었다.

재중의 손이 박태평의 가슴에 닿는 순간, 갑자기 눈동자 가 크게 흔들리더니 무언가에 놀란 듯 빠르게 뒷걸음질을 쳤다.

물론 얼마 가지도 못하고 벽에 막혀서 멈췄지만 말이 다.

이어 회색빛으로 멍하니 죽어 있던 박태평의 눈동자가 천천히 검은색으로 변하기 시작했다.

"너… 너… 넌……!"

재중 나름의 충격 요법이 효과가 있었나 보다.

재중을 알아본 듯 박태평이 말까지 더듬으면서 손가락질 을 했다.

물론 재중은 그저 입가에 미소를 지을 뿐이었다.

"이번에는 제정신을 차리길 바란다. 마지막이니까 말이야."

혼잣말로 작게 말했지만 박태평에게는 마치 바로 옆에서 말하는 것처럼 자세하게 들리고 있었다.

"네가… 왜 이곳에……?"

재중이 지금 자신 앞에 있다는 것이 놀랍기만 한 박태평이었다.

그는 계속 재중을 향해 뭐라고 말하려고 했지만, 머릿속이 새하얗게 변해서인지 같은 말만 계속 되풀이할 뿐이었다.

그러거나 말거나 재중은 경고의 한마디를 남기고는 그대로 일어서더니 노부인에게 다가갔다.

"아마 괜찮을 겁니다. 하지만 이후엔 본인 하기 나름이겠죠."

"…끝난… 건가요?"

재중이 뭐 특별한 일을 한 것처럼 보이지 않았다.

그냥 잠깐 가서 별다른 이야기도 하지 않은 것 같은데 박태평이 놀란 반응을 보였다.

그리고는 그대로 다시 돌아서서 끝났다고 한다.

노부인은 이렇게 쉽게 끝났다는 재중의 말이 이해가 가

지 않는다는 눈빛이었다.

"네."

그 한마디를 끝으로 재중은 미련 없이 별장 밖으로 나가
버렸다.

Chapter 03
또 다른 드래곤

재중귀환록

별장을 벗어나 노부인이 내어준 차를 탄 재중은 서울 근
교로 들어오자 곧바로 내렸다.

SY미디어까지 그들의 차를 타고 갈 이유도 없지만 재중
이 그러고 싶지 않았기 때문이다.

박태평이 준 나쁜 첫인상은 결국 재중에게 태평그룹의
전체에 대해 나쁜 이미지를 심어준 꼴이었다.

"간만에 걸어볼까?"

박태평이 있던 곳이 생각보다 가까웠던 데다 치료라고
하기도 힘든 치료여서 끝내고 나서도 의외로 시간이 많이

남았다.

결국 시간이 남은 재중은 그냥 걷기로 했다.

딱히 목적이 있는 건 아니지만, 때로는 이렇게 그냥 걸어 보는 것도 괜찮겠다는 생각이 들었다.

재중이 걷기 시작하자 기다렸다는 듯 테라가 말을 걸어왔다.

—마스터.

"왜?"

—녀석이 나중에 또 귀찮게 하면 제가 처리해 버릴까요?

지금 테라가 말하는 녀석은 박태평이다.

재중은 조금 전 박태평의 가슴에 잠깐 손을 대었을 때 그의 몸에서 힘을 봉인하던 나노 오리하르콘을 모두 회수했다.

그리고 그 짧은 찰나의 순간, 재중은 박태평의 몸에 마나까지 집어넣어 기본적으로 몸 상태를 정상에 가깝게 돌려 놓았다.

당연히 테라가 그걸 모를 리가 없기에 물어보는 것이다.

어쩌면 박태평에게 재중은 처리해야 할 원수일지도 모르니 말이다.

아니, 그럴 가능성이 매우 높았다.

재중으로 인해 나락까지 떨어진 박태평이다.

설혹 제정신을 차린다고 해도 예전의 박태평의 성격을 생각하면 과연 조용히 넘어갈까 하는 의문이 드는 것은 당연했다.

하지만 재중은 그런 테라의 질문에 피식 웃으면서 말했다.

"그럼 녀석은 나에겐 그저 적일 뿐이지."

그 한마디에 테라는 조용히 입을 다물어 버렸다.

재중에게 적은 곧 죽음, 아니면 소멸이었으니 말이다.

그리고 그 대가는 박태평 개인이 책임지는 것으로 끝나는 것이 아니었다.

박태평이 사라지는 것으로 인해 생길 주변의 변수까지 모두 함께 처리한다는 뜻이 담겨 있기도 했다.

혹시라도 박태평으로 인해 연아의 생활에 영향이 있을 수 있다는 판단이 선다면, 번거롭긴 하겠지만 태평그룹에서 박씨 성을 가진 사람을 모두 지워 버릴 수도 있는 재중이었다.

"그보다, 테라."

―네, 마스터.

"SY미디어에 무슨 일 있어?"

―음, 마땅히 마스터에게 보고할 만한 일은 없는 듯해요. 제가 패밀리어를 이용해서 가끔 SY미디어 사무실만 살펴볼

뿐이지만 잘 돌아가고 있는 편이에요.

"베인티는?"

그래도 재중이 처음으로 인수한 SY미디어에서 데뷔한 걸그룹이기에 이름 정도는 알고 있었다.

재중의 물음에 테라는 이번에도 고개를 저었다.

―나름 인기도 좋고 바쁘긴 하지만 팀의 분위기도 나쁜 편은 아니에요, 마스터.

베인티의 문제도 아니라면 재중의 뇌리에 떠오르는 사람은 딱 한 명뿐이었다.

"그럼 유서린인가?"

SY미디어에서 유일하게 재중이 신경 쓰는 부분이라면 유서린뿐이다.

하지만 그건 이미 이태형 이사에게 언질을 주었기 때문에 알아서 잘 처리할 것이다.

그는 지금까지 딱히 재중이 주는 자금을 횡령하는 것도 없이 열성적으로 일하고 있었다.

그래서 재중도 믿고 맡기는 중이고 말이다.

―궁금하시면 바로 갈까요?

재중의 성격상 굳이 무언가 물어보는 일이 드물기에 테라가 물었다.

그러자 재중이 오히려 고개를 저으면서 거절했다.

"뭐, 곧 알게 되겠지. 그리고 정말 급한 일이라면 전화가 계속 와야 정상인데 없으니 우선은 그냥 좀 걷자."

─네, 마스터.

한동안 나름 바쁘게 살아온 것도 있어서 간만에 여유를 찾았다는 생각에 걷기 시작한 재중이었다.

하지만 그런 여유는 곧 멈춰 버렸다.

"……?"

순간 온몸이 찌릿할 만큼 강한 파동이 몸을 뚫고 지나가는 느낌이 들었다.

발걸음을 멈춘 재중이 슬쩍 고개를 돌렸다.

그의 시선은 서울에서 동쪽을 향해 있었다.

─마스터, 방금……!

테라도 방금 재중이 느낀 파동을 느꼈는지 놀란 목소리로 물었다.

"알아. 방금 그거… 마나의 파동이지? 그것도 아주 강력한."

지구의 일반적인 사람은 느낄 수 없는 것이 바로 마나의 파동이다.

그렇기에 재중 외에는 그 누구도 방금 커다란 파동이 지나갔다는 것을 알지 못했다.

하지만 재중은 지금까지 지구에 와서 이렇게 강한 마나

의 파동을 느껴본 적이 없다.

재중의 표정이 살짝 굳어 있었다.

—누굴까요? 지구에는 이런 강력한 파동을 일으킬 만한 마나를 가진 존재가 없을 텐데요, 마스터.

테라는 마나의 파동이 지나갔다는 것을 느끼기만 했을 뿐 마나의 파동이 주는 느낌에 대해서는 아직 모르고 있는 듯했다.

하지만 재중은 테라와 달리 마나의 파동이 자신의 몸을 뚫고 지나간 순간 본능적으로 알 수가 있었다.

"드래곤."

—네?

"방금 그 파동, 드래곤의 것이야."

—네에?

재중의 말에 소스라치게 놀란 테라가 큰 소리로 외쳤다.

대륙에서도 갑자기 사라진 드래곤이 생뚱맞게 지구에 나타났다니?

도무지 이해가 가지 않는 말이니 테라가 이처럼 놀라는 것은 당연했다.

사실 대륙에서도 실제로 드래곤을 목격한 존재는 극소수에 불과했다.

하지만 드래곤의 존재를 부인하는 자는 단 하나도 없었다.

역사가 모든 것을 말해주었기 때문이다.

실제로 드래곤의 분노로 하루아침에 사라진 국가도 몇 군데 있으니 부인할 수가 없는 것이다.

그런데 그런 드래곤들이 갑자기 사라져 버린 대륙이었다.

소문으로는 신의 부름을 받아 다시 천계로 올라갔다는 말도 있었고, 신탁 때문에 오랜 잠에 빠졌다는 말도 있긴 했지만 진실은 그 누구도 몰랐다.

그리고 지금 재중도 마찬가지였다.

"가보면 알겠지."

─마, 마스터, 성급하게 움직이는 것은······.

강력한 마나의 파동은 테라로 하여금 경계심을 갖게 만들었다.

하지만 테라와 달리 오히려 재중에게는 호기심을 일으켰다.

대륙에서 드래고니안을 상대로 전쟁을 했을 때도 재중은 이 정도로 강한 마나의 파동을 느껴본 적이 없었다.

그러니 호기심이 생기는 것은 당연했다.

거기다 얼핏 방향만 알 수 있을 뿐이었다.

어디서 시작되었는지는 재중도 마나의 파동이 지나간 흔적을 따라서 계속 이동을 해야만 알 수 있었다.

그만큼 먼 곳에서 시작된 파동이다.

그리고 테라가 굳이 말리는데도 바로 움직이는 것에는 이유가 있었다.

자신을 부른다는 느낌이 강하게 들었기 때문이다.

뭐랄까, 설명하기는 힘들지만 드래곤이 된 재중만 느낄 수 있는 막연한 느낌이랄까.

그저 막연히 자신을 부르는 것이라는 확신이 들었다.

휙!

결심이 서자 재중은 그대로 발걸음을 돌려 사람이 없는 골목길로 들어섰다.

그림자 속으로 몸을 숨겼다가 다시 드러낸 곳은 인적이 없는 허름한 건물 안이었다.

—여기서부터는 직접 움직이시게요?

그림자를 이용한 이동은 빠르고 간편하다는 장점이 있었다.

하지만 한 가지 단점이, 필수적으로 가본 적이 있거나 이미지를 선명하게 그릴 수 있는 장소만 된다는 조건이 필요했다.

그러다 보니 막연히 마나의 파동을 쫓기에는 그다지 도움이 되는 이동 기술은 아니었다.

대신 사람이 없는 외진 곳까지 이동하기에는 확실히 좋

은 편이었다.

"그래야겠지."

하지만 2차 각성으로 드래고닉 오러와 드래곤 피어까지 쓸 수 있게 된 재중에게 더 이상 거리는 그다지 문제가 되지 않았다.

사뿐~

그저 가볍게 도움닫기를 하듯 발을 뗐을 뿐이지만 이미 재중의 몸은 웬만한 고층 아파트를 훌쩍 뛰어넘을 만큼 높이 올라와 있었으니 말이다.

그리고 한번 올라선 재중의 몸은 그대로 허공에 정지한 듯 멈춰 서 있었다.

"확실히 드래곤의 비행 기술이 대단하긴 하네."

재중도 이제는 마나의 반발력을 이용해서 마음대로 하늘을 날아다니는 드래곤만의 비행술을 펼칠 수 있었다.

때문에 거리가 몇천 킬로미터라 해도 사실상 그다지 부담이 되지 않았다.

테라처럼 마법을 사용해서 하늘을 나는 경우 지속적으로 마나를 소비시키면서 마법을 유지해야 했다.

하지만 재중의 경우는 그 기본 원리가 완전히 달랐다.

그저 마나를 활성화시키기만 하면 된다.

그러면 알아서 재중의 몸의 마나가 주변의 마나와 반발

력을 일으켰다.

이후로는 마치 자력의 반발력으로 움직이는 KTX처럼 허공을 얼마든지 날아다닐 수 있었으니 말이다.

그뿐인가?

마법으로 하늘을 날면 속도를 올릴 때도 마법을 중첩으로 사용해야 했다.

하지만 재중은 그저 마나의 활성화를 조금 더 강하게 하면 저절로 나는 속도가 빨라졌다.

한마디로 하늘을 나는 것 하나만 놓고 보면 드래곤의 비행술은 완전 사기나 마찬가지였다.

확실히 이것 하나만 봐도 드래곤이 왜 마법의 시초라는 말이 나오는지도 이해가 되었다.

마나의 활용과 사용하는 능력에 있어서는 그 어떤 존재도 따라갈 수 없는 능력을 자연스럽게 가지고 있으니 말이다.

"과연 어디까지 가능할까?"

마음대로 하늘을 날아다닐 수 있게 된 재중은 막연히 저 멀리서 느껴지는 마나의 파동을 향해서 날아가다가 문득 과연 얼마나 빠르게 날아갈 수 있을까 하는 의문이 들었다.

그리고는 의문이 드는 것과 동시에,

펑!!

마치 하늘이 찢어질 듯 거대한 굉음이 울렸고, 동시에 재중의 몸이 사라져 버렸다.

재중은 그저 마나를 최대한 활성화시켰을 뿐이다.

하지만 그 여파는 실로 무시무시했다.

정지된 상태에서 불과 1초 만에 음속을 돌파했으니 말이다.

불과 1초 만에 마하3을 돌파한 것이다.

마하1이 시속1,224㎞다.

그러니 지금 재중이 정지 상태에서 1초 만에 도달한 속도는 시속 3,672㎞였다.

그나마 갑작스런 속도에 재중이 살짝 당황해서 마나의 활성화를 조금 줄였기에 이 정도다.

만약 멈추지 않고 계속 활성화시켰다면 반발력이 중첩되어 쌓이며 속도가 빨라지는 원리 때문에 최소 마하 5~6은 가볍게 넘겼을 것이다.

한마디로 미친 속도였다.

너무나 빠른 속도에 재중의 몸 안 나노 오리하르콘이 저절로 재중의 몸을 보호하기 위해서 활성화되었을 정도이니 말이다.

"여긴가?"

마치 하늘을 칼로 베는 듯 빠르게 가로지르던 재중이 날기를 멈췄다.

재중이 도착한 곳은 마나의 파동이 시작되었다고 생각되는 곳, 즉 마나의 흔적이 가장 강하게 남아 있는 곳이었다.

"바다 한가운데라……."

마나의 흔적을 따라 빠르게 날아온 재중은 도착한 곳이 태평양 한가운데라는 것이 조금 의외였다.

하지만 재중의 감각은 이곳이 마나의 파동이 시작된 곳이라고 강하게 알려주고 있었다.

재중은 우선 주변을 살펴보았다.

어차피 망망대해라서 딱히 살펴볼 것도 없기에 한번 주변을 둘러보는 것이 전부였지만 말이다.

ㅡ마스터, 마나의 흔적만 있는데요?

잔뜩 긴장해서 온 것과 달리 의외로 아무것도 없었다.

바다 한가운데에 보이는 것은 물과 하늘뿐이었다.

혹시나 해서 감각을 최대한 활성화시켜 봤다.

2차 각성 때문인지 감각을 활성화하자 바다 깊은 곳까지 모두 재중의 감각에 들어왔다.

하지만 물고기와 고래만 걸릴 뿐 딱히 특별하다 할 만한 것이 없었다.

그런데 그때,

흔들~

재중이 바라보는 정면의 공간이 일그러지기 시작했다.

—마스터, 공간이동이에요.

테라는 공간이 일그러지는 것만 보고서 공간이동 마법이라는 것을 알아챘다.

테라가 소리치자 재중도 고개를 끄덕였다.

쩌쩌적! 쩌적!!

푸른 바다가 보이는 허공이 갈라졌다.

마치 바다가 찢어지는 듯한 착각이 들 정도였다.

그리고 찢어진 허공 사이로 시커먼 어둠이 모습을 드러냈다.

그 속에서 누군가가 튀어나왔다.

불타는 태양을 닮은 붉은 머리카락과 함께 붉은 눈동자가 인상적인 미녀다.

"안녕~"

공간이동으로 모습을 드러낸 붉은 머리카락의 그녀는 잠시 주변을 살펴보더니 재중 외에 아무도 없다는 것을 확인하고는 앙증맞게 손을 흔들면서 인사를 했다.

"……."

재중은 지금 상대를 어떻게 대해야 할지 판단이 서지 않는 상태였다.

그래서 우선 가만히 지켜보고만 있는 중이다.

"이런, 무뚝뚝하네. 처음으로 동족을 만났는데."

붉은 머리카락의 미녀는 재중이 반응이 없자 실망한 듯 작게 투덜거렸다.

그리고는 하늘을 나풀나풀 날아 재중에게 다가왔다.

"난 크레이언 울드 세이라. 신참은 누구신가?"

자신의 이름을 밝힌 크레이언 울드 세이라가 기대하는 눈빛으로 재중을 쳐다봤다.

재중도 굳이 상대가 이름을 밝혔는데 숨길 필요를 느끼지 못해서 대답했다.

"선우재중."

"……?"

그런데 재중의 이름을 들은 크레이언 울드 세이라는 고개를 갸웃거리더니 뭔가 고민하는 듯 이마를 살짝 찌푸렸다.

뭐랄까, 마치 어린 소녀가 풀리지 않는 숙제를 가지고 씨름하고 있는 모습이랄까?

묘하게 귀엽다는 생각이 절로 들었다.

"선우라는… 이름을 가진 종족의 족보가 있던가?"

"……?"

뜬금없이 크레이언 울드 세이라의 입에서 족보라는 말이

나왔다.

이번에는 재중이 고개를 갸웃거렸다.

설마 드래곤에게서 족보라는 말을 들을 줄은 몰랐다.

하지만 재중이 궁금해하거나 말거나 크레이언 올드 세이
라는 허공에 손을 뻗었다.

아공간을 열었는지 허공에 쑤욱 손이 들어갔다가 다시
나온다.

그녀의 손에는 커다란 책이 한 권 들려 있었다.

"음, 어디 보자. 선우… 선우… 선우……."

그리고는 뭔가 찾는 듯 열심히 책장을 뒤적거리는데, 점
점 넘기는 페이지가 늘어날수록 이마의 주름도 함께 늘어
갔다.

씨익~

재중은 그런 크레이언 올드 세이라의 모습에 지금의 상
황에 어울리지 않게 미소가 그려졌다.

재중은 지금까지 이성을 상대로 이렇게 첫 만남에 웃은
적은 처음이 아닌가 싶었다.

재중의 감각은 지금 눈앞에 있는 크레이언 올드 세이라
가 드래곤이라는 것을 말해주고 있었다.

드래곤끼리는 서로 굳이 말하지 않아도 알아보는 법이니
자신의 존재를 밝히지 않아도 됐다.

하지만 어째 상대가 보이는 행동이 테라에게서 들은 드래곤과 재중 자신이 이미지화하던 드래곤이라고는 생각지도 못했던 모습이었다.

뭐랄까, 약간 푼수기가 느껴진다고나 할까?

사실 사람도 성격이 모두 다르듯 드래곤도 다른 게 당연할 것이다.

그래도 크레이언 올드 세이라의 경우는 전혀 드래곤답지 않은 첫인상이긴 했다.

팍!

그리고 재중이 그녀를 보면서 피식 웃고 있는 동안 마지막 페이지까지 넘긴 크레이언 올드 세이라가 세게 책장을 덮었다.

그리고는 눈에 힘을 주고 재중을 물끄러미 쳐다보며 물었다.

"너지, 며칠 전에 드래고닉 오러를 쓴 녀석이?"

재중은 그녀의 물음에 생각할 것도 없이 고개를 끄덕였다.

자기 외에는 있을 리가 없으니 말이다.

사실 재중은 지금 자신 이외에 드래곤이 있다는 것도 신기한 상황이다.

그건 크레이언 올드 세이라도 마찬가지로 보이지만 말

이다.

"그럼 며칠 전에 성룡이 된 거네?"

뭐 상대가 겉으로는 20대 초반으로 재중과 비슷해 보이지만, 드래곤이라면 이미 외모는 의미가 없다는 것을 알고 있었다.

재중이 순순히 대답했다.

"뭐 그런 셈이죠."

"혹시… 너도 혼자 떨어졌니?"

크레이언 올드 세이라의 물음에 재중은 고개를 저었다.

그러자 그녀의 표정이 조금 환해졌으나,

"제 가디언 둘과 같이 넘어왔습니다."

"……."

제중이 대답하자 급격히 표정이 어두워진다.

뭐랄까, 표정에 감정이 고스란히 드러난다고 해야 할까? 참 감정을 알기 쉬운 성격인 것만은 확실해 보였다.

"넌 가디언이 있어?"

"네."

"그, 그럼 어디 보여줘 봐~"

뭔가 믿지 못하겠다는 듯 말하지만 표정은 어딘가 부러움이 묻어나는 눈빛이었다.

재중이 피식 웃으면서,

"테라, 흑기병, 나와."

간단하게 명령하자 재중의 몸에서 불쑥 튀어나오는 테라와 흑기병이다.

바다 한가운데, 그것도 허공에 떠 있다 보니 재중의 몸에 생긴 작은 그림자를 통해 튀어나오게 된 것이다.

"힉~"

크레이언 올드 세이라는 재중의 몸에서 자신과 비슷한 미모의 테라와 시커먼 철갑으로 중무장한 흑기병이 튀어나오자 순간 멈칫거렸다.

물론 찰나의 순간 아차 하는 생각이 든 듯 표정을 빠르게 정리하고 아무렇지 않은 듯 재중을 쳐다본다.

하지만 이미 재중의 입가에 어린 미소가 다 봤다는 것을 대신 말하고 있다.

"뭐, 너도 드래곤답게 역시 가디언을 가지고 있네. 괜찮네, 그 정도면."

별것 아닌 것처럼 하는 그녀의 말과는 달리 테라와 흑기병에게서 시선을 떼지 못하는 크레이언 올드 세이라이다.

거기다 노골적으로 자신도 가지고 싶다는 표정을 짓고 있다.

"…이게 아니지."

한 십여 분 정도 재중의 흑기병과 테라에 시선이 빼앗겨 있던 크레이언 올드 세이라는 정신을 차리겠다는 듯 고개를 좌우로 흔들었다.

그러더니 뭔가 강한 표정으로 재중을 쳐다보며 물었다.

"넌 누구 자손이야?"

"……?"

재중은 뭔가 강하게 표정은 짓고 있지만 도무지 긴장감이라고는 느껴지지 않는 크레이언 올드 세이라의 모습에 고개만 갸웃거렸다.

"아, 아직 갓 성룡이 돼서… 시조를 모르는 건가? 맞아. 그럴 수도 있어. 험험!"

재중이 굳이 뭐라고 하지 않아도 알아서 혼잣말로 답까지 다 한다.

그리고는 다시 재중을 향해 물어보는 크레이언 올드 세이라였다.

"넌 어느 족보에 이름이 올라가 있는 드래곤이야?"

"……."

설마 드래곤이 족보를 따질 줄은 예상도 못했던 재중이었다.

재중은 물끄러미 크레이언 올드 세이라를 쳐다보기만 했다.

사실 재중은 드래곤에게 족보가 있는 줄도 몰랐거니와

만약에 알았다고 해도 그 어디에도 속해 있지 않을 테니 말이다.

"별수 없네. 직접 알아봐야지. 어린애가 뭘 알겠어?"

재중이 계속 말이 없자 크레이언 올드 세이라는 재중이 며칠 전에 갓 성룡이 된 만큼 아주 어린 드래곤이라고 판단했다.

그리고는 아무것도 들은 것 없이 자신처럼 지구로 어느 날 갑자기 떨어졌다고 생각해 버렸다.

그도 그럴 것이 재중이 속 시원하게 대답한 것이 없었으니 말이다.

물론 재중은 대답할 수가 없기에 대답하지 않은 것이다.

하지만 크레이언 올드 세이라는 해츨링이 자신처럼 혼자 지구에 떨어져서 성룡이 되었다고 판단했다.

한마디로 지금 재중을 미취학 어린이 대하듯 하는 것이다.

"손 줘봐."

재중은 손을 내미는 크레이언 올드 세이라의 말에 자연스럽게 마주 손을 내밀었다.

물론 테라와 흑기병이 움찔거리긴 했다.

하지만 재중이 입가에 미소를 띠자 알아서 조용해진 테라와 흑기병이다.

"잠깐만. 음……."

재중이 내민 손을 잡은 크레이언 올드 세이라는 눈을 감았다.

마나를 활성화시켰는지 그녀의 몸에서 무섭게 마나의 기류가 휘몰아치기 시작했다.

'역시 하는 짓은 푼수 같아도 드래곤은 드래곤이군.'

크레이언 올드 세이라는 지구에서는, 아니, 대륙에서도 본 적 없는 엄청난 마나의 기류를 그저 숨 쉬듯 손쉽게 제어했다.

푼수 같은 성격이지만 본질이 드래곤이라는 것은 숨길 수 없는 듯했다.

"헛!!"

그런데 마나의 기류를 강하게 뿜어내던 그녀의 몸에서 순식간에 마나가 빨려들 듯 사라졌다.

그리고 그녀가 놀란 눈으로 재중을 쳐다보았다.

"너, 너, 도대체 누구야?"

재중은 지금 그녀의 물음이 무엇을 말하는지 정확하게 이해했다.

재중이 입가에 미소를 진하게 그리면서 천천히 그녀에게 잡힌 손을 빼냈다.

"선우재중. 그게 제 이름이자 존재입니다."

"…너, 너, 도대체 어떤 드래곤이야? 너 같은 드래곤은 족보에서도 본 적이 없어."

계속 드래곤의 족보 운운하는 크레이언 올드 세이라의 모습이 재미있긴 했다.

하지만 만약 지금 그녀가 말한 족보에 모든 드래곤의 기록이 있다 해도 재중은 없을 것이다.

지금은 드래곤이지만 한때 드래곤이 아니기도 했다.

그렇기에 재중은 자신의 이름을 말하면서 존재까지 함께 말한 것이다.

냉정하게 따지고 보면 선우재중이라는 드래곤 종족의 시조가 되는 것이니 말이다.

"……."

재중의 대답에 잠시 멍하니 쳐다만 보던 크레이언 올드 세이라는 황급히 책을 펼쳐 가장 마지막 장에 손가락으로 무언가 끼적거리더니 아공간에 넣어버렸다.

"선우재중, 넌 도대체 누구야? 드래곤의 족보를 담당하는 내가 모르는 드래곤은 있을 수가 없는데?"

"드래곤의 족보가 무엇입니까?"

"정말 드래곤의 족보를 몰라?"

"……."

"말도 안 돼. 드래곤은 태어나는 것과 동시에 드래곤의 족보에 그 탄생이 기록되는데. 그리고 기록되는 순간 본능적으로 드래곤은 자신이 족보에 기록된다는 것을 알 수 있어. 이건 신께서 우리 드래곤을 탄생시켰을 때 정한 규칙이니까."

"그런가요?"

족보에 대해서 브레스를 토해내듯 열정을 실어 재중에게 설명한 크레이언 올드 세이라였다.

하지만 정작 설명을 들은 재중은 그냥 말 그대로 족보라는 것에 가볍게 고개를 끄덕일 뿐이었다.

"이게 그냥 그런가 하고 끝낼 문제가 아니란 말이야. 에고, 이 철부지 드래곤아, 드래곤의 족보에 기록되지 않은 드래곤은 존재할 수가 없어."

재중이 이해를 하지 못한다는 생각에 다시 설명하는 크레이언 올드 세이라였다.

그녀의 눈에서 아예 레이저가 뿜어져 나올 듯했다.

뭐랄까, 하는 짓은 푼수지만 드래곤의 족보를 관리하는 것에는 대단한 자부심을 가지고 있는 듯했다.

물론 그건 그녀 사정이다.

"그렇군요."

"……."

역시나 별거 아닌 것처럼 가볍게 대답하는 재중이다.

"…너, 드래곤 맞아?"

재중은 그녀의 물음에 잠시 생각해 보더니 고개를 끄덕였다.

"드래곤입니다."

드래곤 하트와 같은 휴먼 하트도 있고, 테라가 말한 드래곤의 증거인 드래고닉 오러와 드래곤 피어, 그리고 예전부터 사용하던 드래곤 아이까지 모두 사용할 수 있으니 드래곤이긴 했다.

뭐랄까, 99% 드래곤이지만 1%가 아니라고 해야 하는 그런 애매한 것이 재중인 것이다.

하지만 그런 재중의 반응에 크레이언 올드 세이라는 자신의 이마를 지그시 누르면서 한탄했다.

"아, 겨우 찾은 동족이 이런 아무것도 모르는 푼수라니, 에고, 내 용생이 캄캄하구나. 저걸 언제 가르쳐서 어엿한 한 마리 드래곤으로 만든단 말이야."

벌써부터 재중을 가르쳐서 떳떳한 드래곤을 만들어야 한다는 걱정과 근심에 사로잡힌 모습이다.

"선우재중이랬지?"

"네."

"음, 난 그냥 세라라고 불러. 어차피 이름이 길어서 드래곤끼리는 애칭을 부르니까."

"그러죠, 세라 님."

그래도 상대는 드래곤이니 님 자를 붙여 부르자 까르르 웃는다.

"까르르르~ 어머, 얘가 세라 님은 무슨, 그냥 누나라고 해."

"원하신다면… 세라 누님."

하지만 재중이 누님이라고 부르자 갑자기 웃음을 그치더니 도끼눈을 뜨고 재중을 날카롭게 쳐다보면서 천천히 말했다.

"세.라. 누.나야. 알았어? 누님은 마나의 품으로 돌아가기 얼마 남지 않은 노룡들에게나 붙이는 거야."

"아, 그렇군요."

재중은 뭔가 번거롭다는 생각이 들었지만, 우선 상대가 드래곤이기도 하고 아직 그녀에게서 얻을 정보도 많아서 자신이 양보하기로 했다.

무엇보다 푼수 같긴 하지만 성격이 나쁜 드래곤은 아닌 것 같은 느낌이 들었다.

"세라 누나, 이러면 됩니까?"

"오케이~ 그렇지~ 잘 부탁한다, 선중아."

"선중이는 뭡니까?"

마음대로 재중의 이름을 부르는 것에 되물어보자,

"왜? 애칭 좋지 않아? 선우재중, 그러니까 줄여서 선중. 어때?"

"……."

역시나 재중은 이 드래곤은 푼수라고 확신했다.

"재중이라고 부르시면 됩니다."

"재중? 음, 뭐 부르기 편하고 좋네."

하마터면 이름이 선중이 될 뻔한 것을 겨우 벗어난 재중이 몸을 돌렸다.

"가려고?"

"네."

본래 마나 파동의 주인이 누군지, 정말 자신의 느낌대로 드래곤인지를 확인하러 온 것이다.

그리고 드래곤을 확인했으니 사실상 재중의 볼일은 끝난 셈이었다.

"나중에 심심하면 놀러 와~"

"그러죠."

상대가 드래곤이니 최소한의 예의는 갖춰서 말했지만, 저런 성격의 사람이든 드래곤이든 엮이면 피곤한 것을 잘 알기에 대답만 한 재중이다.

"뭐, 나도 확인했으니 이만 돌아가야겠네."

그리고는 재중보다 먼저 공간이동으로 사라져 버린 세라

였다.

그 모습을 지켜본 재중은 한숨이 나왔다.

한편으로는 드래곤이 지구에 있다는 것이 부담으로 다가왔다.

─마스터, 왜 물어보지 않으셨어요?

테라는 재중이 크레이언 올드 세이라, 즉 세라가 공간이동 마법으로 사라지는 순간까지도 중요한 것을 묻지 않았다는 걸 눈치챘다.

테라의 질문에 재중이 답했다.

"믿을 수 없으니까."

─네?

지금까지 친근하게 굴던 재중과 세라의 모습을 보고 있던 테라는 뜻밖의 재중의 말에 되물었다.

"테라."

─네, 마스터.

"드래곤이 유희를 할 때 어떻게 하지?"

─드래곤의 유희를 물으시는 거라면, 우선 그 종족의 특성과 모든 것을 파악한 후 똑같이 움직여요. 정말 유희를 즐기는 드래곤들은 자신의 의식까지 분리시켜서 완전히 유희 속에 녹아드는 경우도 많은 편이에요, 마스터.

씨익~

재중은 테라의 말을 듣고서야 확신이 선 듯한 미소를 지어 보였다.

—마스터, 설마……?

테라도 재중이 물어본 질문의 의도를 미소를 보고 느낀 것이다.

"유희 중인 드래곤은 그 종족의 모든 특성을 고스란히 유지한다고 했지? 심하면 의식까지 분리하면서 말이야. 마치 다중인격을 가진 사람과 같이?"

—네, 하지만 설마 방금 크레이언 올드 세이라라는 드래곤이 지금까지 마스터를 대한 것이 다 거짓이라고 생각하시는 거예요?

"응."

—음, 저는 잘 모르겠던데요.

"그럼 아까 크레이언 올드 세이라가 내게 손을 내밀었을 때 왜 너와 흑기병이 동시에 반응했지?"

조금 전 천진난만한 모습으로 재중에게 손을 달라고 내민 세라의 모습에 테라와 흑기병은 동시에 반응했었다.

둘은 경계심을 넘어 실질적으로 움직이려고까지 했었던 것이다.

재중이 그에 대해 물어보자 테라가 차근히 당시를 떠올리며 대답했다.

─그거야 당연히 드래곤은 본래 혼자 생활하는 존재이니까요. 웬만큼 친한 드래곤이 아니라면 접촉은커녕 만나는 것도 꺼리는 게 드래곤이에요.

테라도 재중의 질문에 대답하면서 세라의 푼수기가 다분한 행동과 모습 속에서 뭔가 이상한 것을 느끼기 시작했다.

"철저하게 연기를 했군. 크레이언 올드 세이라."

─그럼 그녀는 마스터의 존재를 확인하기 위해서 일부러?

"그런 것 같아. 뭐 나도 사실 그녀의 손을 잡기 전까지는 몰랐지만 말이야."

재중도 사실 크레이언 올드 세이라의 연기에 완전히 속아 넘어가 버렸다.

그 정도로 그녀의 푼수 같은 행동은 자연스러웠고 어색한 것이 없었다.

하지만 재중의 존재를 확인하기 위해서 손을 잡은 것이 그녀에게는 치명적인 실수가 되어버렸다.

나노 오리하르콘은 재중이 굳이 인지하거나 느끼지 않아도 스스로 알아서 방어를 하는 성격이 강했다.

그런데 뜻밖에도 크레이언 올드 세이라의 손을 재중이 잡는 순간 나노 오리하르콘이 짧지만 강하게 반응한 것이 아닌가?

순간 놀란 재중이 빠르게 제어했지만 이미 나노 오리하르콘의 일부분이 재중의 피부에서 나와 그녀의 몸속으로 들어가 버린 상태였다.

그리고 뒤이어 세라의 몸에서 마나의 기류가 소용돌이치듯 뿜어져 나올 때, 재중은 그녀의 몸속에 들어가 있는 나노 오리하르콘을 통해서 느낄 수가 있었다.

가면을 쓰고 있는 그녀의 본래 모습을 말이다.

물론 세라의 의도가 너무나 순수하면서도 강렬한 호기심이라는 것은 재중도 알고 있었다.

다만 그렇게 순수할수록 위험을 동반할 가능성이 높다는 게 문제다.

다만 지금은 그저 호기심이 이유였으니, 그저 호기심이라면 충분히 이해하는 재중이기에 군이 내색하지는 않았다.

다만 혹시라도 그녀의 몸에서 적의가 느껴졌다면 아마 태평양 한가운데서 드래곤끼리 전쟁이 벌어졌을 것이다.

적이라면 설사 그게 드래곤이라도 무조건 처치해야 했고, 그게 재중의 최우선 원칙이다.

─괜찮을까요?

드래곤이란 존재가 얼마나 변덕스럽고 제멋대로인지 누구보다 잘 아는 테라였다.

그녀가 걱정스러운 목소리로 물었지만 재중은 별것 아닌 듯한 표정이다.

"굳이 일부러 적을 만들 필요는 없으니까."

―하지만 삼합회에서 본 마법의 흔적 원인이 크레이언 올드 세이라일 수도 있잖아요, 마스터.

크레이언 올드 세이라의 존재가 드러난 것은 재중과 테라에게 그동안 가장 고민거리던 것 중 하나를 풀 수 있는 열쇠가 될 수도 있었다.

삼합회의 깊은 곳까지 스며들어 있는 마법의 흔적이 어쩌면 그녀로 인해 시작되었을 수도 있으니 말이다.

하지만 재중은 굳이 묻지 않았다.

거기다 그녀가 어디에서 지구로 넘어왔는지조차 물어보지 않았다.

재중은 굳이 적을 만들지 않겠다고 말했다.

그리고 그 말 속에는 최대한 자신의 현재 생활에 변수가 생길 수 있는 모든 것을 막겠다는 의지도 숨어 있었다.

재중이 크레이언 올드 세이라, 즉 세라에게 파고드는 순간 현재 재중의 생활이 흔들릴 것은 분명했다.

드래곤이라는 존재는 충분히 그럴 가능성이 높았으니 말이다.

"가자, 이태형 이사가 기다릴 테니."

―마스터께서 그렇게 결정하셨다면…….

그리고 재중의 신형도 세라와 비슷하게 사라져 버렸다.

크레이언 올드 세라, 재중에게 푼수기가 넘치는 모습으로 상대가 의식하지 못한 사이에 가까이 다가가 친한 척을 하던 세라의 모습은 말끔히 사라져 있었다.

방금 전 재중과 만났던 세라와 같은 사람인지조차도 의심될 정도였다.

지금 그녀의 모습은 뇌쇄적이면서 보는 이로 하여금 소유욕을 불러일으키는 여성으로 변해 있었으니 말이다.

쪼로록.

와인 잔에 피보다 붉어 보이는 와인을 한 잔 따라 흔들던 세라는 향기를 맡고는 가볍게 한 모금을 머금었다가 삼켰다.

"드래곤이면서도… 드래곤이 아닌, 후후훗, 재미있는 녀석이 나타났네?"

재중이 그녀의 본모습을 알아차렸듯 세라도 재중이 완전한 드래곤이 아니라는 것을 알아차린 듯했다.

다만 그녀도 재중과 접촉하지 않았다면 아마 자신의 동족이 넘어왔을 거라고 계속 착각했을 것이다.

그만큼 재중은 겉으로 보기에는 완벽한 드래곤이었으니

말이다.

하지만 드래곤의 족보를 관리하는 세라는 다른 드래곤에게는 없는 특이한 능력이 있었다.

바로 드래곤의 탄생과 그의 죽음을 읽을 수 있는 능력이었다.

그리고 그 능력으로 인해 재중의 손을 잡는 순간 알 수가 있었다.

신의 섭리를 따라 태어난 드래곤이 아닌, 하지만 신의 섭리를 벗어났으면서도 드래곤이 된 존재가 바로 재중이라는 것을 말이다.

와인을 한 모금 머금은 세라 옆으로 세라와 달리 찰랑거리는 긴 금발과 마치 금빛 모래를 눈동자에 담은 것 같은 착각이 들 만큼 아름다운 눈동자를 가진 여인이 다가왔다.

─즐거우신 것 같습니다, 마스터.

"후후훗, 재미있는 것을 발견했다고나 할까?"

세라는 익숙한 목소리인 듯 뒤도 돌아보지 않고 대답했다.

그녀는 나머지 와인을 모두 마시고 나서야 일어서서 돌아봤다.

"제이라, 결과는?"

금발의 여인 제이라는 세라의 질문에 정중하게 고개를

숙이고 대답했다.

─그쪽에서 언제든지 마스터께서 방문해 주시길 기다리 겠다는 답변을 받았습니다.

"그래? 후후훗, 그럼 뭐 한동안 지켜보는 재미를 즐겨봐 야겠네."

제이라의 대답에 콧노래를 흥얼거리기 시작한 세라다.

그녀는 마시던 와인병이 비어 있자 사뿐한 걸음으로 일 어섰다.

다른 와인을 꺼내기 위해 커다란 냉장고 문을 열자 그 안 에는 수십 병의 와인이 가지런히 놓여 있었다.

그중에 하나를 집어 든 세라는 다시 탁자로 돌아가 앉더 니 계속 와인을 계속 마셔댔다.

"내가 지구에 와서 유일하게 마음에 드는 게 바로 이 와 인이야. 후후훗."

아무래도 대륙은 술을 만드는 양조 기술이 떨어졌다.

그러다 보니 오래되며 풍미는 생길지 몰라도 지구와 같 은 깔끔한 끝 맛은 없었다.

대륙보다는 지구의 와인이 더욱 마음에 든 세라였다.

─마스터, 그러면 그냥 지켜보는 걸로 할까요?

제이라도 세라가 누구를 만나고 왔는지 정도는 알고 있 기에 명령을 기다리는 듯 물었다.

"응. 우선은 그냥 지켜볼 거야. 그가 과연 신의 섭리를 어기면서 태어난 드래곤답게 어떤 행보를 보일지 기대가 되거든."

ㅡ알겠습니다, 마스터.

재중은 정말 세라의 관심을 사양하고 싶었다.

하지만 그걸 거부하기에는 상대가 드래곤이라는 게 문제였다.

재중의 운이 좋지 못할 뿐이다.

물론 재중이 마나의 파동에 이끌려 세라를 찾아가지 않았으면 될 일이다.

그랬다면 아마 재중이 세라의 관심을 끄는 일도 없었겠지만, 이미 지난 일이다.

재중도 그저 너무나 순수한 호기심이 가득한 세라의 모습에 그냥 무시했으니 말이다.

하지만 과연 언제까지 세라가 재중을 지켜보기만 할 것인지, 지금으로써는 그 누구도 알지 못했다.

크레이너 올드 세이라 본인만 빼고 말이다.

Chapter 04
친선 축구시합

재중귀환록

한편, 세라와 헤어진 재중은 다시 서울로 돌아와 SY미디어 사무실에서 이태형 이사와 마주 앉아 있다.

　"무슨 일이죠?"

　이미 딱히 자신을 찾을 만큼 급한 일이 없다는 테라의 보고를 받은 재중이다.

　재중이 고개를 갸웃거리면서 물어보자 이태형은 난감한 표정으로 입을 열기 시작했다.

　"대표님."

　"네, 말씀하세요."

"혹시 축구를 하셨습니까?"

"……?"

굳이 자신을 불러서 한다는 말이 축구를 했느냐는 거니 재중이 오히려 고개를 갸웃거렸다.

"전 따로 운동을 한 적이 없습니다. 그런데 그건 왜 묻는 거죠?"

이태형 이사가 묻기에는 너무 뜬금없는 질문이기에 이번에는 재중이 되물었다.

"사실 오늘 천산그룹으로부터 연락이 왔습니다."

"천산그룹으로부터요?"

재중이 천산그룹으로부터 SY미디어를 돈을 주고 통째로 산 지도 좀 되었다.

당시에는 든든한 천산그룹을 벗어난다는 데 대해 우려가 컸지만 결과적으로는 오히려 SY미디어에 더욱 좋은 환경이 되었다.

지출을 할 때도 따로 결제를 올리지 않아도 되고 재중이 자금은 주면서 딱히 경영에는 간섭을 하지 않았다

그러다 보니 이태형에게는 지금처럼 일할 맛이 나는 때도 없었으니 말이다.

거기다 천산그룹의 그늘에 있을 때 하던 일을 아직도 여전히 계속하고 있다.

상황이 이렇다 보니 천산그룹에서 떨어져 나왔지만 여전히 천산그룹의 배경은 그대로 이용하면서 자신이 하고 싶은 대로 할 수 있는 꿈의 직장이 되어버린 것이다.

사실 기획사라는 것이 오너의 영향에 심하게 휘둘리는 특징이 있었다.

그래서 이태형 이사처럼 꿈을 가지고 들어와 단계를 밟아 올라와도 결국엔 오너의 말 한마디에 싫은 것도 해야 하는 편이다.

하지만 지금과 같이만 계속된다면 아마 나가라고 떠밀어도 SY미디어를 떠날 사람은 없을 것이다.

지금 이태형 이사가 재중에게 묻는 내용은 천산그룹의 산하에 있을 때 하던 일의 연장선상이었는데, 상황이 이상하게 돌아가면서 재중이 연결되어 버린 듯했다.

"천산그룹에서 축구단과 농구단, 그리고 야구단을 운영하고 있는 것은 대표님도 아실 겁니다."

"네, 알고 있습니다."

재중도 딱히 눈과 귀를 닫고 사는 건 아니다.

거기다 천 회장과도 관계가 있다 보니 기본적으로 천산그룹에 관한 것은 대충 파악하고 있었다.

"그게 참 저도 황당한 상황이라……. 최근 K리그에서 저희 천산그룹에서 운영 중인 천산FC가 우승을 했습니다. 그리고 전 세계적으로 자국 리그에서 우승한 프로 구단끼리 친선 경기를 겸해서 매년 시합을 합니다."

"그건 저도 알고 있습니다."

각국에서 우승한 프로축구 구단들이 매년 친선 시합을 한다는 것은 몇 번 들은 적이 있다.

K리그가 아무리 암울하다고 하지만, 나름 친선 경기에서 이긴 전적도 많고 특히 중국과의 경기에서는 앞도적인 우세를 보여주었다.

그런데 지금 이태형 이사가 하고 싶은 말은 이게 아닌 것 같았다.

"물론 친선 경기도 잘 치러졌습니다. 저희도 괜찮은 성적을 거두었습니다."

"잘됐군요."

천 회장과 파트너 관계에 있고 천산그룹이 운영하는 축구 구단인 천산FC가 이겼다는 것은 좋은 일이었기에 재중이 대답했다.

"그런데 전혀 엉뚱한 곳에서 친선 시합 제의가 들어왔다는 게 좀… 난감하다고 해야 할지 기쁘다고 해야 할지……."

이태형 이사는 재중의 앞인데도 곤란한 듯하면서도 뭔가 좋은 느낌도 드는 복잡한 표정이다.

"시합 제의? 어디서 시합 제의가 들어왔기에 그러는 거죠?"

"그게… 레알 마드리드 구단입니다."

"……?"

재중은 뜬금없이 레알 마드리드 구단에서 천산FC에 친선 시합 제의를 했다는 말에 그게 뭐가 문제냐는 표정을 지었다.

"세계적인 명문 구단에서 먼저 친선 시합 제의가 들어왔다면 좋은 일 아닌가요?"

재중은 오히려 천산그룹으로서도 좋은 기회라고 생각했기에 대수롭지 않게 넘기며 피식 웃었다.

하지만 그런 재중의 미소를 본 이태형 이사가 쓴웃음을 지으면서 말했다.

"제가 조금 전에 대표님께 축구를 했느냐고 묻지 않았습니까?"

"네, 그런데요?"

"그게… 레알 마드리드 구단에서 친선 시합을 하는데 조건을 걸었습니다."

"조건?"

뜬금없이 친선 시합에 조건이라는 말에 재중이 고개를 갸웃거리자,

"대표님이 천산FC와의 시합 때 출전을 해달라는 겁니다."

"……."

재중은 이태형 이사의 말에 잠시 그를 쳐다보다가 천천히 입을 열었다.

"저를 말인가요?"

"네, 정확하게 선우재중이라는 이름을 댔고 SY미디어의 대표를 맡고 있으며, S대에 재학 중이라는 것까지 일치하는 사람은… 대표님뿐이니까요."

"……."

재중은 이태형 이사의 레알 마드리드라는 말에 떠오르는 이름이 있었다.

"레오나르도 실바. 쩝."

"네? 방금… 뭐라고 하셨는지?"

"아닙니다. 그보다 이태형 이사님."

"네, 대표님."

"레알 마드리드 구단 쪽에 연락해서 레오나르도 실바에게 연락 좀 해주실 수 있습니까?"

"네? 레오나르도 실바라면… 그 세계적인 축구 천재 레오나르도 실바를 말씀하시는 겁니까?"

재중이야 아무렇지 않게 물어본 말이다.

하지만 이태형 이사 입장에서는 재중의 입에서 세계적인 축구 스타의 이름이 나오자 많이 놀랄 수밖에 없었다.

축구선수라고 하지만 레오나르도 실바급이면 단순히 운동선수라고만은 볼 수 없다.

연봉만 해도 천문학적인 액수를 받는 것은 기본이고 잘생긴 외모가 더해져 수많은 광고로 세계적으로 천산그룹보다 인지도가 더 높은 것이 바로 레오나르도 실바였으니 말이다.

브랜드 가치만 본다면 천산그룹보다 레오나르도 실바가 위에 있었다.

그런데 그런 축구 스타를 마치 동네 친구 부르듯 말하니 오히려 이태형 이사가 당황했다.

"그, 그야… 저도 확답은 드리지 못합니다만……."

겨우 SY미디어의 이사로 있는 이태형이 바로 대답하기에는 레알 마드리드라는 구단의 이름은 무거웠다.

"아닙니다. 차라리 그냥 레오나르도 실바에게 제 휴대폰 번호를 주고 연락하라고 하세요."

"……."

이태형 이사는 지금 자신이 잘못 들은 것이 아닌지 귀를 의심할 수밖에 없었다.

사실 세계적으로 유명한 천재 작곡가 신승주가 재중에게

어떻게든 자신의 곡을 주지 못해서 안달 난 것도 아직까지 이해가 가지 않는 그다.

그런데 이번에는 축구를 조금이라도 해본 사람이라면, 아니, 축구에 대해서 조금만 아는 사람이라면 모두 알고 있는 레오나르도 실바에게 전화번호를 주고 연락을 하라고 한다.

도저히 지금 상황이 믿기지가 않는 것이다.

하지만 어쩌겠는가?

재중은 대표, 이태형 이사 자신은 그에게 월급받는 직원인 것을.

대표가 하라면 해야 했다.

"알겠습니다, 대표님."

씨익~

재중이라고 왜 지금 이태형 이사의 마음을 모르겠는가.

하지만 설명하자면 복잡하고 이야기가 길어지기에 그냥 명령한 것이다.

그리고 재중의 예상이 맞다면 레알 마드리드를 움직이는 데 레오나르도 실바의 역할이 적지 않았을 것이다.

뭐 레알 마드리드 같은 명문 구단이 직접 움직일 만큼 레오나르도 실바의 실력과 이름값이 크다고는 생각진 않는다.

하지만 재중이 모르는 무언가가 있을 것 같았기에 우선 실바에게 연락하라고 한 것이다.

"그보다 요즘 회사는 이상 없죠?"

"네? 네, 이상 없이 잘 움직이고 있습니다. 베인티도 이제 어느 정도 자리를 잡아서 계속 인지도를 올리는 있는 중입니다, 대표님."

"그래요? 보통 신인이 데뷔해서 자리 잡는 데 시간이 얼마나 걸리나요?"

재중은 처음부터 아예 연예계 쪽은 모른다고 말했고, 실제로도 모르는 것은 그냥 대놓고 물어봤기에 이태형은 바로 대답했다.

"그게 처음 얼마나 이름을 알리느냐에 따라 다르지만, 이 바닥에서는 보통 3년에서 5년을 예상합니다."

"5년이라……. 생각보다 오래 걸리는군요."

"네, 그게 아무래도 한 해 데뷔하는 아이돌 그룹만 해도 200~300명이 가볍게 넘으니까요."

그렇다.

사실 연예계가 겉으로는 화려하고 반짝반짝 빛이 나는 것처럼 보이지만 현실은 보이는 것 같지는 않다.

실제로는 1년 동안 데뷔하는 수많은 아이돌 그룹 중에서 살아남는 것은 불과 1%에 불과했다.

그리고 나머지는 어떻게든 버티고 버텨서 나중에라도 빛을 보든가, 아니면 1집으로 사라지는 것이 대부분이었다.

전쟁이나 다름없는 것이다.

그런 상황에서 SY미디어에서 데뷔한 베인티의 경우는 정말 축복받은 그룹이었다.

데뷔 앨범이 대박나면서 데뷔 한 달 만에 이미 웬만한 중견 아이돌과 어깨를 나란히 할 만큼의 인지도를 얻었으니 말이다.

아이돌은 인지도가 모든 것이나 다름없다는 것을 생각하면 신승주가 확실히 천재는 천재였다.

처음에는 베인티라는 걸그룹보다 신승주가 한국에서 처음으로 노래를 준 가수로 유명했었으니 말이다.

결국 베인티 스스로가 자신들의 실력으로 신승주의 베일에 가려져 있던 상황을 벗어나긴 했지만, 운이 좋은 것은 확실했다.

"저기… 대표님."

"네."

"이왕 말이 나온 김에… 말씀드릴 것이 있습니다."

"말씀하세요."

이태형은 묘하게 재중을 대하는 것이 전보다 더욱 어려웠다.

2차 각성으로 인해 재중이 드래곤의 존재감을 완전히 감출 수 없는 것도 영향을 주었고, 또한 이태형의 사람을 보는 눈이 민감한 것도 어느 정도 영향이 있는 듯했다.

"유서린 양 때문에 의논드릴 것이 있습니다."

"……?"

유서린은 착실하게 내년에 데뷔하기로 하고 준비하고 있다고 들었었다.

테라에게서 보고받기로도 유서린 스스로가 모든 것을 쏟아부어 연습하고 있다고 들었다.

그런데 뜬금없이 그녀의 이름이 나오자 고개를 갸웃거리는 재중이다.

"그게… 이건 제가 보는 감각입니다만, 유서린 양은 가수로는 그다지 성공할 가능성이 높아 보이지 않아서 말입니다."

"어째서 그렇게 생각하는 거죠?"

사실 재중은 사람을 보고 스타가 되겠다, 좋은 가수가 되겠다고 판단하는 눈썰미나 실력, 또는 경험은 없었다.

그렇기에 지금 이태형이 하는 말을 그냥 흘려듣는 것이 아니라 진지하게 받아들여서 되물었다.

"가창력이 따라가질 못합니다."

"가창력이라면… 연습하면 충분히 좋아지는 부분이 아닌

가요?"

웬만한 목소리가 아니고서는 노래란 결국 많이 부르고 연습하면 잘 부르게 되어 있다.

노래도 결국 기술이니 말이다.

그런데 재중의 말에 이태형 이사는 난감한 표정을 지으면서 말했다.

"그것이… 특정 부분에서 리듬을 전혀 찾지 못하고 있습니다."

"심각한가요?"

베인티를 홀로 키워낸 이태형 이사이다.

다른 건 몰라도 연예계 쪽 사람 보는 눈은 재중보다 몇십 배는 정확할 것이 분명했다.

그런 이태형이 고개를 저을 정도라면 도대체 얼마나 리듬을 찾지 못한다는 건지 재중은 이해가 가지 않았다.

그래서 부가적인 설명을 제외하고 결과를 물어보자,

"심각합니다."

"그렇군요."

벌써 유서린이 SY미디어에 온 지도 몇 개월이 흐른 상태이다.

당연히 노래와 춤으로 매일 시간을 보내고 있을 테니 실력이 늘어야 정상이다.

거기다 재중이 일부러 이태형 이사에게 부탁까지 했으니 오죽 신경 썼겠는가?

지금 이태형은 유서린에 대해서 말을 하면서도 재중의 눈치를 보고 있었다.

그것을 보면 기다릴 만큼 기다리다 도저히 방법이 없기에 말한 것이 분명했다.

"문제는 유서린 양 본인도 자신이 리듬을 전혀 타지 못한다는 것을 알고 있다는 겁니다. 그런데 어째서인지 고집을 버리지 못하고 계속 연습하고 있으니 그게 너무 걱정돼서 이렇게 대표님에게 말씀드리는 겁니다. 대표님의 말이라면 혹시나 유서린 양이 듣지 않을까 하는 생각에서 말입니다."

"알겠습니다. 제가 이야기해 보죠."

"감사합니다. 하지만 실망하지는 마십시오. 가수는 솔직히 힘들지 모르지만 유서린 양의 매력이라면 오히려 연기 쪽에서 더욱 빛을 발휘할 수 있을 가능성이 높거든요."

이태형의 입장에서도 유서린은 특별히 신경 쓰고 있었다.

재중이 처음 온 날 데리고 온 사람이 유서린이었다.

재중의 애인인지, 아니면 가족인지는 알 수 없지만 이것 하나만은 분명했다.

SY미디어의 주인이 특별히 부탁한 연습생이라는 것이다.

그것 하나만으로도 적잖이 신경 쓰일 수밖에 없다.

가르칠 때 야단을 칠 수는 있지만, 그 외는 딱히 강압적으로 무언가 유서린에게 다그칠 수는 없는 것이 그의 입장이었다.

소위 회장 아들이 말단 직원으로 들어오면 그 부서의 부장과 과장이 쩔쩔매는 것과 마찬가지이다.

사실 이 정도만 해도 이태형으로서는 정말 노력한 것이다.

하지만 어쩌겠는가?

아무리 가르쳐도 도무지 특정 박자에서는 이상하리만큼 리듬을 잡지 못하는데.

이태형은 그건 연습으로 해결될 일이 아니라는 결론을 내렸다.

물론 이태형은 가르치는 입장이라 그 사실을 빠르게 간파하고는 유서린에게 연기 쪽으로 돌아설 생각이 없냐고 언질을 주었다.

하지마 유서린이 이상하리만큼 가수에 집착하면서 고집을 피우고 있으니 재중이 온 김에 용기를 내어 이야기한 것이다.

설령 재중이 화를 내더라도 재능이 없는 것을 계속 보는 것보다는 빠르게 돌아서는 것도 한 가지 방법이기 때문이다.

만약 재중이 다른 오너들처럼 경영에 참여하고 이런저런 간섭을 했다면 아마 이태형이 이렇게 말하지 못했을지도 몰랐다.

그런 사람들은 자신의 의견에 반대한다는 이유만으로 배척하고 결국 쫓아내 낼 것이 뻔하기 때문이다.

하지만 재중은 경영에 전혀 간섭하지 않았다.

그건 한편으로는 자신을 믿고 경영을 맡기고 있다는 생각이 들어 눈 질끈 감고 말한 것이다.

"이태형 이사님."

"네."

"유서린 씨를 불러주시겠습니까?"

지금까지 재중은 무언가 부탁했을 때 미룬 적이 없었다.

이태형은 준비하고 있다가 바로 밖으로 나와 유서린을 불렀다.

"이사님, 부르셨어요?"

유서린은 방금 전까지 연습하고 있던 탓인지 이마에 땀이 살짝 맺혀 있었다.

하지만 그 외에는 대체로 깔끔한 편이었다.

이태형은 대충 땀을 닦게 하고 직원에게 간단하게 화장을 시켜 유서린을 들여보냈다.

물론 속으로는 제발 재중이 유서린을 설득해서 힘들기만

한 가수보다 연기 쪽으로 마음을 돌려주길 바라면서 말이다.

"오랜만이네요."

"재중 씨. 아, 죄송해요, 대표님."

유서린은 재중을 보자 습관적으로 재중의 이름을 불렀다.

이내 놀라면서 다시 대표로 불렀지만 표정은 어쩔 줄 몰라 하는 모습이다.

"그냥 재중 씨라고 불러도 됩니다. 어차피 한 식구이던 사이이니까요."

"그래도 이제 제 소속사… 대표님인데…….."

씨익~

재중은 가볍게 한번 웃어주고는 유서린을 앉게 한 후 그녀를 쳐다보다가 입을 열었다.

"이태형 이사님의 말을 들어보니 특정 부분에서 리듬을 잡지 못한다고 하더군요."

"저… 그게… 분명히 연습하면 될 거예요. 제가 너무 오래 쉬어서 그럴 거예요."

유서린은 결국 올 것이 왔다는 표정으로 재중에게 설명했다.

하지만 재중은 말없이 잠시 그녀를 지켜보다 일어서더니 말했다.

"잠시 제가 목을 만져볼 텐데 괜찮겠어요?"

"네? 제 목을⋯ 왜⋯ 네."

뜬금없이 재중이 자신의 목을 만진다는 말에 유서린은 귀가 살짝 붉어졌다.

하지만 재중의 성격상 딱히 뭔가 엉큼한 생각이 있어서 그런 건 아니라는 확신이 있기에 허락했다.

"그럼 실례할게요."

말이 끝나는 것과 동시에 재중이 손가락을 유서린의 뒷목에 살짝 댔다가 몇 초 뒤에 떼어냈다.

그리고는 다시 본래 있던 자리로 와서 앉는다.

잠시 후, 재중이 진지한 목소리로 유서린에게 물었다.

"꼭 가수를 해야만 하나요?"

"⋯⋯."

유서린은 재중의 질문에 입을 꼭 다물고는 몇 초간 생각하는 듯하더니 다부진 얼굴로 말했다.

"가수를 하고 싶어요. 1집에서 망해도, 아니, 베인티와 달리 제가 몇 달 만에 묻혀 버린다고 해도 괜찮아요. 제가 정말 재능이 없어서 빚만 남게 된다고 해도 어떻게든지 빚은 갚을게요."

"……."

유서린을 눈동자를 마주 본 재중은 그녀에게 무언가 사정이 있다는 걸 알았다.

이태형의 말과는 달리 약간의 고집도 있긴 하지만 고집 이상으로 너무나 간절한 눈빛이었다.

"꼭 가수를 해야 하는 이유가 있나요?"

"엄마를… 찾고 싶어서요. 고아원에 있을 때 들은 적이 있어요. 엄마가 한때 가수였다는 것을요. 그래서 꼭 가수가 되어야만 해요."

"알겠습니다."

재중도 동생 연아를 찾아다녔던 과거가 있다.

지금 유서린의 마음을 충분히 이해하는 재중이기에 처음 그녀를 설득하려던 생각을 접고 승낙했다.

아무래도 가수로 데뷔하는 것이 과거 엄마의 흔적을 찾는데 유리하다는 것은 재중이 생각해도 너무나 당연한 선택이었으니 말이다.

유서린은 꿈을 찾거나 자신의 만족을 위해서 가수 데뷔를 하려는 게 아니었다.

고아원에 버린 것인지, 아니면 어떤 사정이 있는지는 모르지만 그저 자신을 낳아준 부모를 찾기 위해서 가수가 되려는 것이다.

당연히 이태형의 설득이 통할 리가 없었을 것이다.

"그럼 가서 계속 연습하세요. 뒤는 제가 책임질 테니."

벌떡!

재중이 확실하게 대답하자 유서린은 벌떡 일어서 머리가 탁자에 닿을 만큼 숙여 인사하면서 말했다.

"감사합니다. 제가 어떻게든 꼭 빚은 갚을게요. 어떻게든지 꼭 갚을게요."

재중이 자신의 마음을 알아주었다는 것이 기쁜 것인지 유서린이 울먹었다.

재중은 유서린을 내보낸 뒤 바로 이태형 이사를 불러 물었다.

"이태형 이사님."

"네, 대표님."

"유서린 씨가 가수로 데뷔해서 실패할 경우 빚이 생깁니까?"

재중은 사실 유서린의 사정을 알게 된 것도 나름 좋은 성과를 얻었다고 여겼다.

하지만 다른 것보다 유서린이 계속 빚을 갚겠다고 말하는 것이 뭔가 이해가 가지 않았다.

그래서 그녀에게 물어보려다가 차라리 이태형에게 물어보기로 하고 부른 것이다.

인재를 발견해서 연습시켜 가수로 데뷔시킨다는 것, 그것이 재중이 알고 있는 연예계의 전부이다 보니 빚이라는 것이 선뜻 와 닿지가 않았다.

그리고 유독 재중은 빚이라는 단어에 민감하기도 했다.

"음, 대표님께서는 아직 모르실 수도 있겠군요."

"제가 모르는 게 있다는 말이군요."

"사실 대표님께서 본래 SY미디어를 인수하고서 경영을 하셨다면 당연히 아셔야 할 내용입니다만, 저에게 모두 맡기셨기에 말씀드리지 않았습니다."

"그래요?"

자기가 대표이긴 한데 아무것도 하는 것 없이 그저 다 맡겨 버린 탓이라고 말하니 조금은 미안하긴 했다.

하지만 일단 설명을 들어야 했기에 조용히 이태형을 쳐다보았다.

"아는 사람은 알고 모르는 사람은 모르는 사실인데, 일반 연습생일 때 들어가는 돈은 빚이 아닙니다."

"그럼 지금 유서린 씨는 SY미디어에 빚은 없다는 말이군요."

"네, 그건 계약상에도 정확하게 쓰여 있기 때문에 자신있게 말할 수 있습니다."

"그래요? 그런데 왜 유서린은 빚이 생긴다고 말하는 거죠?"

연습생일 때 쓰는 돈은 모두 빚이 아니라 투자라는 명목으로 유서린에게 쓰이고 있는 것이다.

　그건 계약서에 정확하게 쓰여 있다니 빚이 될 리가 없었다.

　그런데도 빚이라는 말을 하기에 재중이 다시 물었다.

　"하지만 데뷔를 하게 되면 사정이 달라집니다."

　"데뷔를 하면 달라져요?"

　"네, 우선 데뷔를 하게 되면 성공하든 실패하든 그동안 연습생으로 있을 때 쓴 돈이 모두 자신의 빚으로 고스란히 넘어갑니다."

　"……."

　재중은 이태형의 말에 언뜻 연습생에게 너무나 불합리한 계약 내용이 아닌가 생각이 들었다.

　하지만 냉정하게 생각하면 기획사 입장에서도 땅 파서 장사하는 게 아닌 이상 돈을 벌어야만 하는 것은 당연했다.

　기획사는 발굴한 신인을 데뷔시켜 그동안 피땀 흘려 정성으로 키운 아이돌이 벌어오는 돈으로 운영하고 덩치를 불리는 것은 어쩔 수 없는 현실이다.

　그리고 연습생으로 있다가 끝나는 아이들도 흔한 것이 이 바닥의 현실이다.

　그걸 생각하면 밑 빠진 독에 물 붓기 식으로 무조건 돈을 쏟아부어서 연습만 시킬 수도 없는 일이 아닌가?

돈을 벌어야 또 연습생을 받아들이고 또 데뷔시킬 수 있다.

그러니 아직까지 이야기만 들어보면 기획사 입장에서는 가혹하다 싶을 만큼 더러운 노예 계약도 아니었다.

그런 것을 이해한 재중은 우선 데뷔만 하면 무조건 빚이 생긴다는 말에 지금 한창 주가를 올리고 있는 SY미디어의 간판스타인 베인티가 떠올랐다.

"그럼 베인티도 빚이 있겠군요?"

"네, 우선 연습생 기간이 2년으로 적지 않은 액수이기도 하지만, 데뷔할 곡에 든 비용에 앨범, 이동비 등등 그녀들이 데뷔하고 나서 쓴 모든 돈이 빚이 됩니다."

"베인티의 빚은 어느 정도나 되죠?"

재중은 오너이다.

아무리 경영에 간섭하지 않는다고 해도 실질적인 힘은 재중이 모두 가지고 있기에 이태형은 묻는 말에 대답하고 있었다.

하지만 본능적으로 시간이 지날수록 낮아지는 재중의 목소리에서 뭔가 피부를 따끔거리게 만드는 느낌을 받는 중이다.

"지금 상태로 활동을 계속한다면 4년이면 빚을 모두 갚을 수 있는 것으로 판단하고 있습니다."

"베인티 그녀들도 알고 있습니까?"

오싹!

이태형은 재중의 목소리에서 순간 팔뚝에 털이 곤두서는 느낌을 받았다.

그 때문인지 바로 대답하지 못하고 잠시 머뭇거렸다.

"그, 그건 이미 연습생으로 받아들일 때 제가 설명을 해 주었습니다. 그리고 빚을 다 갚는 순간 계약을 새로 하기로 이미 계약서에 명시되어 있기에 그녀들에게 장기 계약을 강요하지는 않았습니다, 대표님."

"……."

빚을 다 갚는 순간 계약이 만료되고 재계약을 해야 된다.

그것은 사실 베인티의 입장에서는 그다지 좋지도 않지만 나쁘다고도 할 수 없었다.

어떻게든지 인지도를 높여서 자신들의 몸값을 올리면 그만큼 빚이 사라지고 당당하게 재계약을 할 수 있는 기회를 주는 것이니 말이다.

"다른 기획사들은 10년에서 15년을 무조건 계약 기간으로 잡고 심한 곳은 데뷔하고 나서부터 계약을 시작하는 독한 곳도 있지만 저는 그렇게까지 악독하게 아이들을 이용해서 돈을 벌고 싶은 생각은 없습니다. 천산그룹의 그늘에 있기 때문에 지금 압박이 심하지 않기도 하지만 제가 키운 첫 아이들이기도 하니까요."

'테라, 이태형의 말이 사실이야?'

재중은 이태형을 신뢰하고 있지만 그 신뢰는 SY미디어를 운영하고 경영하는 사람으로서의 신뢰일 뿐이다.

정확히 하기 위해 테라에게 물어보자 들려온 대답이 이태형이 한 말과 거의 똑같았다.

재중은 잠시 생각에 잠겼다.

'테라.'

—네, 마스터.

'지금 내 돈이 얼마나 되지?'

SY미디어를 사고 나서 이미 시간이 한참 지난 뒤이기에 변동이 작지 않을 터였다.

재중이 묻자 바로 테라에게서 대답이 돌아왔다.

—지금 현재 35억 달러 정도예요, 마스터.

'지금 당장 유통할 수 있는 돈이 그 정도란 말이지?'

—네, 그런데 마스터, 돈 필요하세요?

재중의 성격상 돈이 필요하지 않는 이상 물어보는 일이 없을 터다. 그래서 테라가 물은 것이다.

'테라 네 생각은 어때? 베인티와 유서린의 빚을 그냥 탕감해 주는 것은?'

―제 의견을 물으시는 거라면 전 반대예요, 마스터.

'어째서지?'

―연예계는 결국 스스로가 원해서 뛰어들었어요. 물론 지금 베인티나 유서린의 나이를 생각하면 아마 많은 액수의 빚일 수도 있지만, 그걸 누군가가 없애 버리면 결국 나태해지고 거만해지는 것은 그녀들 자신이니까요.

'그럼 넌 이태형 이사의 말에 동의한다는 거구나?'

―그래도 다른 연예기획사보다는 너무나 양심적인 계약 조건이에요. 제가 모두 확인도 마친 상태구요, 마스터.

'알았다.'

재중도 테라의 말을 들어보니 확실히 맞는 말 같았다.

잠깐의 동정심에 그녀들의 빚을 갚아주는 것은 재중에게 너무나 쉬운 일이다.

하지만 과연 그게 좋은 일일까 생각한다면 그건 테라의 말대로 나쁜 결과를 만들어낼 가능성이 높았다.

"저도 계약에 관해서는 이태형 이사님과 비슷한 생각이니까 그냥 이대로 유지해 주세요."

"네, 대표님."

이태형은 재중이 자신이 고민에 고민을 하고 결정한 계약서에 관해서 인정해 주자 표정이 한껏 고무된 모습이다.

사실 이태형 이사처럼 일에 열정적인 사람은 돈을 많이

주거나 편의를 봐주는 것보다는 오히려 사소할지 모르지만 그가 한 결정을 인정하고 뒤에서 도와주는 것에 더욱 감동을 받는 편이다.

재중이 딱히 의도하진 않았지만 지금 이 순간 이태형은 재중에게 감사하다는 생각과 함께 최대한 회사에 도움이 되겠다고 결심하게 되었다.

뜻하지 않게 충성스런 경영자 한 명을 확보하게 된 것이다.

남자는 자신을 알아주는 사람에게 목숨을 바친다는 옛말이 맞는 듯했다.

물론 재중이 충분히 자금을 지원하고 있기에 가능한 일이긴 했다.

"다만 유서린 양의 계약서에서는 성공하든 실패하든 빚은 제외하는 것으로 바꿔주세요."

"아, 알겠습니다, 대표님."

물론 베인티와 달리 계약을 수정해야 한다는 것이 조금 서운하긴 한 이태형이다.

하지만 유서린을 데리고 온 것이 재중이니 크게 서운할 것도 없었다.

어차피 이태형 자신의 돈이 나가는 것은 아니었으니 말이다.

"그보다 대표님, 유서린 양과 상담하시는 동안 레알 마드리드 쪽에 연락을 했는데 레오나르도 실바가 곧 한국에 도착할 것이라는 소식입니다."

"곧이라면?"

"대략 30분 뒤에 인천국제공항으로 들어온다는 연락이 왔습니다."

"빨리도 왔군. 쩝."

재중은 혼잣말로 한마디 하고는 자리에서 일어섰다.

"뭐 다른 것은 없나요?"

"네. 현재 필요한 것은 지금 말한 것이 전부입니다, 대표님."

"그럼 지금처럼 해주세요. 전 아무래도 레오 녀석을 마중 나가봐야 할 것 같아서 이만 실례하겠습니다."

"네? 아, 네, 대표님. 그럼 조심히 들어가십시오."

이태형 이사와 직원들의 인사를 뒤로하고 SY미디어를 나온 재중이 몇 걸음이나 걸었을까?

주머니에 있는 휴대폰이 울렸다.

띠리리리~

"여보세요?"

―여~ 오랜만이야, 재중.

처음 보는 번호이기에 우선 받았는데, 받자마자 익숙한

목소리가 재중의 귀를 자극했다.

"레오 너냐?"

─응? 뭐가?

"레알 마드리드와 천산FC 친선 경기에 나를 천산FC 선수로 뛰게 해달라는 이상한 조건을 단 것 말이야."

─하하하하하, 오해 말라고. 난 아니야.

"아니긴 무슨……."

레오나르도 실바가 아니라고 시치미를 떼고 있지만, 정황상 그럴 리가 없다.

레오나르도 실바가 아니라면 레알 마드리드라는 명문 구단에서 한국의 천산FC와 친선 경기를 하자고 신청하는 것부터가 너무 말이 안 되는 상황이다.

─아~ 정말이라니까. 난 아니야. 맹세코, 절대로 난 아니다.

"어차피 난 그 조건에 응할 생각이 없으니까 구단 쪽에도 통보해 놔."

재중은 어차피 그런 어쭙잖은 조건에 응할 생각이 전혀 없었다.

다만 레오나르도 실바를 통해서 레알 마드리드 쪽에 통보하는 게 그나마 잡음이 없을 것 같다는 생각에 일부러 연락했을 뿐이다.

─재중 너, 거절하면 아마 우리 꼰대가 널 납치를 해서라도 경기장에 세울지도 몰라.

씨익~

재중은 레오나르도 실바의 귀여운 협박에 피식 웃어버렸다.

"그렇게 할 수 있으면 해보든지."

─아무튼 이해할 수가 없네. 그런 재능과 실력이 있으면서 왜 축구를 안 하는 건지 이해가 안 간다.

레오나르도 실바는 재중의 실력이 여전히 아깝다는 듯 탄식했지만, 재중의 대답은 오직 하나였다.

"내 마음이다. 그보다 너 비행기 안이라면서 전화는 어떻게 한 거야?"

필수적으로 비행기 안에서 통화는 금지다.

휴대폰의 전파 때문에 여객기가 오작동을 일으킨 사건이 있은 뒤로 강제로 휴대폰 전원을 끄도록 하기 때문이다.

혹시라도 엔진에 시동을 걸고 나서도 누군가 휴대전화를 쓴다면 강제로 빼앗을 수 있는 권리까지 법으로 정해져 있을 만큼 민감한 부분이었다.

30분 뒤 인천공항에 도착한다는 녀석이라면 당연히 지금 하늘을 날고 있어야 한다.

그런데 그런 녀석이 자신에게 전화를 걸었으니 뜻밖이라

서 물었다.

─이거 위성전화야. 그리고 이 몸은 여객기 같은 거 안 타. 구단에서 전용기 빌려줬거든.

확실히 스케일부터 달랐다.

자신의 주력 스트라이커를 위해서 전용기까지 내어줄 만큼 자금력이 대단한 구단이었으니 말이다.

레알 마드리드를 실제로 운영하는 것은 스페인 왕족이라고 듣긴 했지만 놀라운 것은 사실이다.

─그보다 나 한국 처음인데, 인천공항 쪽으로 와줄 수 있어?

"그래."

─땡큐~

어차피 인천공항으로 마중 나갈 생각이었기에 재중은 흔쾌히 대답했다.

그리고 잠시 뒤, 인천공항에 도착한 재중은 의외의 인물을 만나야만 했다.

"숨겨서 미안하다."

전용기에서 내린 레오나르도 실바가 재중을 보고 가장 먼저 한 말이다.

"아니, 그냥 좀 의외일 뿐이지."

재중은 조금 의외라는 표정을 지었을 뿐 딱히 화가 나거나 하진 않았다.

다만 레오나르도 실바와 함께 온 사람이 너무나 뜻밖의 인물이긴 했다.

현 레알 마드리드 구단의 감독이자 전 브라질월드컵 감독이기도 한 루이스 펠라리네 감독과 함께였으니 말이다.

그런데 그뿐만이 아니었다.

"재중 씨, 오랜만이에요~"

환하게 웃으면서 섹시한 매력을 한껏 뿜내며 캐롤라인도 함께 전용기를 타고 온 것이다.

시우바 회장은 그룹 정비가 끝나자마자 곧바로 캐롤라인을 불러들였다.

해서 한동안은 그녀가 한국에 올 일이 없을 것으로 생각하던 재중이다.

그런데 캐롤라인은 예상과 달리 의외로 한국에 빨리 왔다.

"재중 씨, 할아버지가 이번에는 재중 씨랑 같이 아니면 오지 말라네요. 호호호호홋~"

노골적으로 재중에게 추파를 던지는 캐롤라인의 모습에 재중은 슬쩍 미소 지었다.

싫지는 않지만 그렇다고 이성적으로 매력이 전혀 느껴지지 않는 캐롤라인의 대시가 마냥 반가울 리가 없는 재중이다.

반면 그런 캐롤라인과 재중의 모습을 지켜보고 있는 레오나르도 실바의 입가에도 씁쓸한 미소가 잠시 그려졌다가 사라졌다.

　자신이 좋아하는 여자가 좋아하는 남자에게 다가가는 모습을 지켜보는 것은 결코 달가운 일일 수 없었다.

Chapter 05
귀찮은 일들

재중귀환록

각자 재회로 이런저런 생각에 빠진 것도 잠깐이었다.

인천공항으로 입국하는 사람들이 꼭 통과해야 하는 문을 지나는 순간, 그런 것에는 신경 쓸 틈도 없게 되었다.

번쩍!

번쩍번쩍! 번쩍!!

찰칵! 찰칵찰칵!

사정없이 터지는 카메라 플래시와 함께 사진을 찍어대는 기자들로 인해 정신이 없었다.

"잠시 저희가 안내하겠습니다."

세계적으로 유명한 레오나르도 실바가 국내 입국한다는 것을 어떻게 알았는지 이미 수십 명의 기자가 공항에 몰려 들어 있었다.

기자들이 나가는 출구를 막고 있다 보니 인천공항 측에서 경호원을 보내 최대한 길을 뚫으려고 노력하는 중이다.

경호원 여섯 명이서 수십 명의 기자를 뚫기란 결코 쉽지는 않겠지만 말이다.

"여기 좀 봐주세요!!"

"어떤 일로 국내 입국하신 겁니까?"

"대답 부탁드립니다!!"

굳이 설명하지 않아도 유명한 축구 스타가 국내 입국하는 일이 그다지 흔하지 않은 일이었다.

더구나 브라질월드컵에서 워낙에 인상적인 경기를 펼친 레오나르도 실바의 모습을 기억하는 사람이 많은 상황이다.

그러다 보니 당연히 그의 입국이 이슈가 되는 것은 이해가 간다.

하지만 전용기로 소문 없이 입국한 실바의 소식을 알아낸 기자들이 참 대단하다는 생각이 드는 재중이다.

"거기 옆에 누굽니까?!"

"캐롤라인 양과 팔짱 낀 남자 분은 누구십니까?!"

"한국 사람인가?"

"동양인인데 말이야."

그런데 엉뚱하게 레오나르도 실바를 찍던 기자들의 눈에 재중이 딱 들어온 것이다.

아니, 그들의 눈에 띄지 않으려야 않을 수 없는 상황이긴 했다.

캐롤라인이 재중의 옆에 매달리듯 팔짱을 낀 채로 걷고 있으니 말이다.

레오나르도 실바와 캐롤라인의 옆에 서 있는 것만으로도 이미 기자들의 호기심을 자극하기 충분했다.

하지만 정말 기자들의 시선을 끈 것은 재중과 레오나르 도 실바의 사이가 평범함을 넘어서 매우 친해 보인다는 것 때문이다.

세계적인 축구 스타와 친구라는 것은 말하기 좋아하는 기자들에게는 너무나 매력적인 먹잇감이었다.

하지만 수십 명이나 되는 기자의 질문 세례가 쏟아졌지 만, 정작 그중에서 재중의 목소리를 들은 기자는 단 한 명 도 없었다.

*　　　*　　　*

"휘유~ 여기도 내 인기가 제법 되는데?"

이미 기자들에 대해서는 면역이 되어 있는 듯 실바는 나름 여유 있는 표정이다.

그리고 그건 캐롤라인도 비슷했다.

"후후훗, 재중 씨 옆에 내가 있는 모습이 찍혔으니 어쩌면 한국에서는 저랑 재중 씨가 연인 사이라고 소문날지도 모르겠네요."

캐롤라인은 정말 장난스럽게 한 말이다.

하지만 현실은 그보다 더욱 크게 기사가 터져 버렸다.

세계적으로 유명한 모델이자 브라질 시우바 그룹의 손녀인 캐롤라인 시우바와 한국의 선우재중이 연인관계라는 기사가 대문짝만 하게 터졌으니 말이다.

거기다 작년에 브라질에서 실바와 재중이 일대일 축구 시합을 했던 동영상까지 인터넷에 뜨면서 왜 지금까지 이런 축구천재가 잠들고 있었냐는 여론까지 형성되었다.

그뿐인가?

연예부 기자들 사이에서 그저 소문으로 떠돌던 SY미디어의 실제 오너이기도 하다는 기사는 정말 커다란 충격을 주었다.

거기다 재중이 현재 S대 재학 중이라는 것까지 덩달아 밝

혀지면서 재력과 학력을 겸비한 잘생긴 축구천재라는 소문이 인터넷에 쫙 퍼져 버렸다.

나이가 좀 많다는 것이 몇몇 사람의 입에 오르내리긴 했지만, 그런 것을 따지기에는 다른 조건이 워낙에 대단하다 보니 곧 사라졌다.

물론 모두 내일 일어날 일이지만 말이다.

"역시……."

캐롤라인이 재중을 보면서 그럼 그렇지 하는 표정을 짓자 실바가 궁금하다는 표정으로 물었다.

"캘리, 왜?"

"아니, 재중 씨가 기자들이 몰렸을 때 혹시나 당황할까 싶어서 계속 살펴봤는데 역시나 조금도 당황한 표정이 아니라서."

"그래? 하긴 재중이 놀란다는 것은 나도 좀 생각하기 힘들긴 해."

"……."

재중은 캐롤라인과 실바의 대화를 듣고서 과연 자신이 이들에게 어떻게 비춰졌기에 저런 대화가 가능한지 의문이 들었다.

하지만 그보다 지금 재중은 그런 사소한 것은 상관없다는 표정으로 입가에 미소를 머금고 있는 루이스 펠라리네 감독을 쳐다보고 있었다.

"왜 그러나, 재중 군?"

펠라리네 감독도 재중의 시선이 자신에게 있다는 것을 느꼈는지 황급히 미소를 지우고 물었다.

그러자 이번에는 재중이 입가에 미소를 그렸다.

구단 전용기로 입국했다.

거기다 재중도 이태형 이사에게 연락을 넣으라고 해서 알게 된 정보가 바로 레오나르도 실바의 입국 소식이다.

그런데 기자들은 이미 재중보다 먼저 알고 있었다는 듯 수십 명이 몰려들었다.

과연 이게 자연스러운 상황일까?

재중은 처음 실바나 캐롤라인이 소문을 냈을까 생각했지만, 그 두 사람은 입국게이트를 나오자마자 기자들을 보고 순간 당황했다.

물론 그들에게 기자들이란 항상 따라다니는 친구와 같은 존재이기에 곧 여유롭게 대처했다.

하지만 처음에 놀랐다는 것은 그 두 사람은 아니라는 뜻이다.

결국 남은 한 사람, 즉 루이스 펠라리네 감독을 쳐다보고 있었는데 마침 감독도 재중을 쳐다보고 있었는지 눈이 딱 마주쳤다.

그리고 그 순간 재중은 감독의 눈동자에서 읽을 수가 있었다.

지금 입국장에 몰려든 기자들이 누구의 작품인지 말이다.

"한국의 매스컴을 이용해서 저를 끌어들이실 생각이십니까?"

재중이 노골적으로 물었다.

"후후훗, 자네라면 눈치챌 줄 알았지. 하지만 이해해 주게. 나도 구단주의 명령으로 어쩔 수 없었다네."

어쩔 수 없었다고는 하지만 감독의 표정에서 어떻게든지 재중을 꼭 축구계로 끌어들이겠다는 각오가 보였기에 그다지 믿음이 가진 않았다.

"전 축구에 관심 없습니다. 이건 조금 전 실바와 통화하면서도 말했지만요."

재중은 귀찮다는 듯 단호하게 말했지만 감독의 표정은 오히려 싱글벙글했다.

마치 무슨 꿍꿍이가 있다는 듯 말이다.

띠리리리~

그리고 펠라리네 감독의 웃음을 보자마자 기다렸다는 듯 재중의 전화가 울렸다.

"응?"

전화기에 연아의 이름이 뜨자 재중은 고개를 갸웃거렸다.

지금이 연아에게는 가장 바쁜 시간이라는 것을 재중이 누구보다 잘 알고 있었다.

더구나 연아가 자신에게 전화를 거는 경우는 거의 없기 때문이다.

─오빠, 이번에 레알 마드리드랑 축구한다면서?

"……."

전화를 받자마자 뭔가 대단한 것이라도 들은 듯 흥분한 연아의 목소리가 들렸다.

재중이 수화기 너머로 연아의 말을 들으며 슬그머니 펠라리네 감독을 쳐다보았다.

"난 아니네."

고개를 강하게 저으면서 거부하는 감독이다.

연아가 워낙에 큰 소리로 외쳤기에 스피커폰 기능으로 받지 않아도 이곳에 있는 모두가 연아의 목소리를 들은 상태라서 굳이 설명하지 않아도 알아서 대답한 것이다.

당연히 재중은 지금 상황에 펠라리네 감독이 가장 유력해서 좀 더 강하게 쳐다보았다.

"저기… 미안해요, 재중 씨. 제가 연아 씨에게 말했어요."

캐롤라인이 수줍게 미안한 듯 재중을 쳐다보면서 말하는 것이다.

"……."

당연히 재중의 표정이 차가워질 수밖에 없었다.

재중의 유일한 약점이자 이 세상에 재중의 고집을 꺾을 수 있는 단 한 사람이 바로 연아였으니 말이다.

그리고 그런 사실을 잘 알고 있으면서도 말했다는 것은 연아까지 이용해서 자신을 움직이려 했다는 것이다.

"저기 그게… 정말 일부러 그런 건 아니에요, 재중 씨. 어쩌다가… 한국으로 곧 돌아간다고 했는데… 말하다 보니… 미안해요."

미안함에 눈물까지 글썽거리는 캐롤라인의 모습에 재중은 조용히 쳐다보다 곧 한숨을 내쉬었다.

눈동자에 비친 그녀의 마음은 진실이었다.

최소한 그녀는 재중을 이용하기 위해서 계획적으로 말한 것은 아니었다.

재중은 그걸 읽고 나자 진심으로 화낼 수가 없었다.

차라리 펠라리네 감독처럼 계획적으로 움직였다면 다그치겠지만 그게 아니었으니 말이다.

"잘못 들은 거야. 난 축구선수가 아니잖아."

재중이 차분하게 말하자 바로 연아의 목소리가 변했다.

―지, 진짜? 한번 보고 싶었는데. 오빠가 멋지게 뛰는 모
습을 말이야.

많이 실망한 듯한 연아의 목소리가 사실 재중의 마음을
살짝 흔들긴 했다.

하지만 재중은 여전히 자신이 축구를 한다는 것은 내키
지 않았다.

1차 각성이었을 당시에도 괴물 같은 능력으로 레오나르
도 실바뿐만이 아니라 브라질 축구 대표팀까지 가지고 놀
았던 재중이 아닌가?

그런데 지금은 2차 각성으로 인해 완전해진 상태이다.

과연 지금 자신이 축구를 한다면 어떤 일이 벌어질지 재
중 스스로도 판단이 서지 않았다.

무엇보다 자신이 축구를 하는 것 자체가 반칙이라는 생
각이 강했다.

그러니 아무리 주위에서 축구를 하라고 해도 내키지 않
는 것은 어쩔 수가 없었다.

대륙에서도 드래곤이 유희를 한 번씩 하면 대륙의 역사
가 새로 쓰일 정도로 영향력이 대단했다.

그러니 지금 재중이 축구계에 뛰어든다면 아마 세계 축
구 역사가 새로 쓰일지도 모를 일이었다.

아니, 축구 역사에서 그 누구도 깨지 못할 기록을 세울

것이 분명했다.

재중이 굳이 의도하지 않더라도 말이다.

"미안해. 난 생각 없어."

─알았어. 난 이만 일할게.

뚝.

연아가 실망 가득한 목소리로 전화를 끊자 재중도 그다지 개운하지 않은 표정으로 전화를 끊었다.

"화났어요?"

연아에게 말한 것 때문에 계속 재중의 눈치를 보던 캐롤라인이 재중이 전화를 끊자 슬쩍 한마디 했다.

그런데 그 모습이 마치 야단맞고 풀이 잔뜩 죽어 있는 고양이 한 마리를 보는 것 같다.

"아니에요. 그리고 전 축구에 관심이 없습니다. 이건 변함이 없을 겁니다."

재중이 아예 못을 박자 루이스 펠라리네 감독의 표정이 살짝 굳어지면서 말했다.

"자네가 아무리 거부한다고 해도 운명은 거스를 수 없는 법이네. 이제 자네의 그 재능을 세상이 알았는데 과연 자네가 거부한다고 모른 척할 수 있을 거라고 생각하는 겐가?"

재중이 이토록 단호하게 거부하리라곤 펠라리네 감독도

예상하지 못했기에 진지하게 한마디 했다.

하지만 재중은 그런 감독의 말에 입가에 미소를 지으면서 대답했다.

"세상이 저를 움직이는 일은 없을 겁니다. 그리고 그렇게 제가 약하지도 않고요."

"……."

펠라리네 감독은 재중의 말을 이해하지 못했지만, 캐롤라인은 바로 이해하는 표정을 지었다.

만약 최근 브라질로 돌아가 그 영상을 보지 못했다면 아마 펠라리네 감독처럼 방금 그 말뜻을 이해하지 못했을 것이다.

캐롤라인이 브라질로 돌아간 직후, 시우바 회장이 캐롤라인을 불러 영상 하나를 보여줬다.

바로 재중의 본모습이라면서 말이다.

맨주먹으로 장갑차를 부숴 버리는 재중의 무력을 보고 처음엔 캐롤라인도 특수효과나 CG인 줄 알았다.

하지만 시우바 회장은 그것이 재중의 진정한 능력 중에 하나라고 했다.

그 말을 들은 캐롤라인은 한동안 이 사실을 어떻게 받아들여야 할지 판단이 서지 않았었다.

그런 캐롤라인에게 시우바 회장은 더욱 놀라운 것을 보여주었다.

탕!

손녀가 보는 앞에서 자기 자신을 향해 총을 쏜 시우바 회장의 황당한 행동에 너무나 황당해서 손발이 캐롤라인은 손발이 얼어 버렸을 정도였으니 말이다.

하지만 총알이 발사된 뒤, 시우바 회장의 그림자에서 뻗어 나온 시커먼 것에 의해 총알이 무의미해지는 것이 아닌가.

동영상을 봤을 때 받은 충격은 오히려 애교 수준에 불과했다.

"할아버지, 방금 그거… 뭐예요?"

툭.

시우바 회장의 그림자 속에 있던 새도우가 막아낸 총알이 허무하게 바닥에 떨어졌다.

그러자 그림자가 거짓말처럼 사라진다.

그 일련의 광경을 고스란히 본 캐롤라인이 떨리는 목소리로 물었다.

"재중 군에게 받은 선물이지. 후후훗."

시우바 회장의 이제 익숙한 듯 편안한 얼굴에 캐롤라인이 당황해서 다시 물었다.

"재중 씨가 이걸 줬다구요? 말도 안 돼. 재중 씨가 무슨 신이라도 된단 말이에요?"

그림자가 총알을 막다니?

이걸 직접 눈으로 보지 못했다면 그 누가 믿는단 말인가?

아니, 직접 그 장면을 목격한 캐롤라인도 지금 어떻게 받아들여야 할지 판단이 서지 않는 상황이다.

하지만 시우바 회장은 그런 캐롤라인에게 나직하게 말했다.

"캘리야, 내가 지금까지 누군가에게 이토록 신뢰를 보여준 적이 있더냐?"

"아니죠. 없었어요."

자신의 자식까지도 100% 믿지 않는 것이 바로 시우바 회장이다.

속된 말로 자기 자신 외에는 절대적인 신뢰를 하지 않는다는 것이 맞는 표현일 정도다.

그만큼 시우바 회장에게 자기 자신은 곧 신뢰 그 자체였다.

사실 캐롤라인도 시우바 회장이 재중에게 자신을 시집보내려고 하는 것도 당장에 재중이 무슨 엄청난 능력을 가져서일 거라곤 생각하지 않고 있었다.

대단한 잠재력을 가진 인재거나 아니면 무언가 인연이 있을 것이라고 막연히 생각했을 뿐이다.

하지만 지금 장면을 본 캐롤라인은 생각을 바꿀 수밖에 없었다.

시우바 회장이 어째서 재중에게만큼은 절대적인 신뢰를 보내면서 자신의 유언장까지 맡겼는지 저절로 이해가 되었다.

아니, 자신이 시우바 회장의 입장이라도 재중만큼은 절대적으로 신뢰할 수밖에 없을 것이라고 생각했다.

그리고 그것을 계기로 캐롤라인은 재중을 보는 시선이 완전히 바뀌어 버렸다.

호감이 가고 느낌이 가는 남자에서 어떻게든지 꼭 자신이 차지해야 하는 남자로 말이다.

"두고 보면 스스로 알게 되겠지."

펠라리네 감독은 방금 재중이 한 말을 그저 젊은 사람의 패기라고 생각했다.

그럴 수밖에 없는 것이, 그의 눈에 재중은 축구에 관해서는 그 누구보다 천재지만 세상에 관해서는 아직 모르는 게 많은 어린애로 보일 뿐이었다.

세상이 얼마나 지독하고 집요한지 아직 모르는 철부지

말이다.

씨익~

재중도 그런 펠라리네 감독의 생각을 알고 있지만, 그저 입가에 미소를 짓는 것으로 대답을 대신했다.

레오나르도 실바도 재중의 말에 걱정스러운 표정을 지었다.

하지만 의외로 캐롤라인만은 재중의 말을 이해한다는 듯 고개를 끄덕이는 것이 아닌가?

마치 시우바 회장에게서 무언가 이야기를 들은 것처럼 말이다.

재중은 시우바 회장에게 새도우를 주면서 딱히 비밀 엄수를 요구하지는 않았기에 개의치 않았다.

하지만 어째 캐롤라인의 저 다부진 눈빛을 보면 왠지 지금까지보다 더욱 피곤하게 접근할 것 같다는 느낌이 들었다.

예전의 캐롤라인은 그저 관심과 호기심이 가득한 눈빛이었다.

하지만 지금의 그녀의 눈은 마치 꼭 뭔가를 이루고야 말겠다는 야망이 번뜩이는 듯했으니 말이다.

띠리리~

"응?"

분위기가 좀 썰렁해진 타이밍을 어떻게 알았는지 재중의 휴대전화가 울렸다.

전화기를 꺼내본 재중은 전화를 건 사람이 이태형 이사라는 것에 조금 의외라는 표정을 지었다.

바로 방금 전에 만나고 왔으니 말이다.

"네, 이사님, 접니다."

재중이 전화를 받자 이태형 이사가 다급한 목소리로 말한다.

─대표님! 크, 큰일 났습니다!!

"네? 큰일이라니요?"

재중은 갑자기 큰일이라는 말에 물어보자,

─그게… 베인티의 멤버로 있는 아라에게 도무지 연락이 되지 않습니다, 대표님.

"네? 그게 무슨 말이죠?"

베인티는 총 5인조 걸그룹이다.

지민, 아라, 효진, 시니, 이수가 멤버로 있는데, 그중 아라라는 멤버와 연락이 되지 않는다는 것이다.

"천천히 말해보세요. 베인티가 따로 움직였나요?"

보통 걸그룹은 모두 함께 움직이는 경우가 대부분이다.

그렇기에 지금처럼 멤버 중에 한 명만 연락이 되지 않는 경우는 사실 흔한 편이 아닌 것이다.

의아한 상황이기에 재중이 물었다.

—네, 신승주 씨 덕분인지 인지도가 높아져서 며칠 전부터 멤버들이 각자 따로 스케줄을 소화하기 시작했습니다, 대표님.

이제 데뷔한 지 몇 개월 되지 않는 신인 걸그룹이 벌써 인지도로 인해 개인 스케줄을 소화할 정도라면 재중이 생각했던 것보다 제법 잘나가는 것이다.

물론 그 때문에 아라와 연락이 되지 않는 사고가 생기긴 했지만 말이다.

"우선 제가 그쪽으로 가겠습니다."

멤버 중에 한 명이 스케줄을 소화하던 중에 갑자기 연락이 두절되었다면 이건 SY미디어가 휘청거릴 수도 있는 큰일이다.

재중은 곧바로 전화상으로 이야기하기보다 직접 가겠다고 하고는 전화를 끊었다.

"아무래도 일이 생긴 것 같네요."

"그러게."

펠라리네 감독은 지금의 상황이 좀 아쉬운 듯한 표정을 지었다.

하지만 대충 재중의 표정만 봐도 뭔가 사고가 났다는 것을 느낄 수 있기에 고개를 끄덕였다.

사실 펠라리네 감독은 호텔로 가는 동안 재중에게 축구에 대해서 이야기할 생각이었다.

그런데 그것이 불가능하게 되었으니 아쉬운 것이다.

"재중 씨, 제가 따라가도 될까요?"

캐롤라인은 재중이 갑자기 내린다고 하자 자신도 따라가려고 했다.

하지만 재중이 그녀를 막았다.

"이건 제 일 때문에 가는 겁니다. 그러니 나중에 다시 보죠. 어차피 제 집도 알잖아요. 안 그래요?"

"그야… 알았어요. 그럼 나중에 집에서 봐요."

"재중."

"응?"

"혹시 내 도움이 필요하면 말해."

재중이 비록 한국어로 통화했지만 레오나르도 실바는 표정만으로도 그에게 무슨 사고가 생겼다는 것을 단번에 눈치챈 것이다.

언어가 잘 통하지 않는 외국인 선수가 많은 곳에서 경기를 치르는 경우가 많은 실바였다.

그래서 그런지 사람의 표정과 순간적인 느낌만으로 분위기를 파악하는 것이 능숙해져 있었다.

물론 그건 루이스 펠라리네 감독도 마찬가지였다.

그렇기에 재중이 굳이 설명하지 않아도 알아서 이해한 것이다.

딸각~

부르릉~~

재중을 내려준 차는 그대로 호텔로 향했다.

그리고 재중은 조용히 걸음을 옮겨 사람들이 보이지 않는 골목 어귀로 들어가면서 테라를 불렀다.

"테라."

―네, 마스터.

"당장 아라를 찾아라."

―네, 마스터. 바로 움직일게요.

"쳇, 베인티는 신경 쓰지 않았더니 이런 일이 생기는군."

사실 재중은 일부러 SY미디어 쪽은 테라의 감시를 붙이지 않았다.

그래서 테라도 사무실 쪽만 가끔 확인한 것이고 말이다.

연예계 쪽을 잘 모르는 것도 있지만, 이왕 맡겼으니 완전히 믿고 맡긴 것이다.

그러다 보니 베인티에 달리 감시를 붙이지 않았다.

사실 이제 데뷔한 지 몇 개월밖에 되지 않은 신인 걸그룹에게 무슨 일이 생긴다면 그것도 이상한 일이다.

아마 사고가 생긴다면 교통사고가 유일할 것이라는 게

테라가 내린 결론이었기에 재중도 그다지 신경을 쓰지 않았던 것이다.

그런데 막상 멤버 중 한 명이 연락 두절되는 사태가 발생하자 테라의 패밀리어를 붙이지 않은 것이 뒤늦게 후회가 되었다.

"우선은… SY미디어로 가봐야겠지?"

그리고는 조용히 그림자 속으로 발걸음을 옮긴 재중이 순식간에 SY미디어 건물에서 가까운 골목에 모습을 드러냈다.

Chapter 06
납치

재중귀환록

"대표님, 어서 오십시오."

건물에 들어서자 입구에 있던 경호원이 재중을 보고 90도로 인사를 했다.

표정과 분위기를 보니 아직 여기까지는 이야기가 퍼지지 않은 것 같다.

재중도 평소와 같은 표정을 지었다.

"이태형 이사님은 위에 있습니까?"

"네, 아직 어디 나가지 않으셨습니다."

"그럼 수고하세요."

아랫사람이 모른다면 굳이 자신이 허둥거려서 SY미디어의 분위기를 흐트러뜨릴 필요 없다고 판단한 재중이다.

재중은 평소처럼 천천히 들어가 이태형 이사의 사무실에 들어섰다.

"대표님!"

이태형 이사는 재중을 보자마자 금방이라도 울 것 같은 표정으로 뭐라고 말하려고 했다.

그런데 자신도 당황했는지 말이 횡설수설했다.

"…천천히 말해도 됩니다. 우선 상황을 알아야 하니까요."

재중은 당황해서 제대로 설명이 되지 않는 이태형 이사의 어깨를 살짝 어루만졌다.

그러면서 마나를 조금 흘려보내 진정시켜 주었다.

"대표님, 우선 앉으세요."

재중이 마나를 흘려보낸 효과가 있는지 바로 표정이 정상으로 돌아온다.

그는 재중이 앉자 설명을 시작했다.

"우선 오늘 아라만 오후 스케줄이 있어서 따로 이동했습니다. 그리고 방송을 잘 마쳤다고 김 군으로부터 연락을 받은 것이 약 한 시간 전입니다."

"한 시간 전이라면 연락 두절이 된 지 제법 시간이 흘렀군요."

한 시간 전에 베인티의 로드 매니저인 김 군으로부터 연락을 받았다고 하기에 재중이 물었다.

"공식적인 연락은 그렇습니다만, 20분 전에 지민이와 통화를 했다고 했으니 사실상 연락이 두절된 지 20분 정도 되었다고 할 수 있습니다."

"20분이라……. 길다면 길고 짧다면 짧은 시간이군요."

매니저와는 거의 1분 1초도 떨어지지 않고 붙어 다니는 가수들의 특성과 기획사의 허락 없이는 외출도 마음대로 하지 않는 것이 대부분이다.

그것을 생각하면 20분이나 연락이 두절된 것은 심각한 일일 수도 있었다.

"특이점이 있습니까?"

이태형은 의외로 재중이 차분하다는 것에 조금은 위로를 받고 있는 중이다.

사실 재중이 처음 아무것도 모른다고 했을 때는 마치 제 세상을 만난 듯 기뻤던 이태형이었다.

그런데 막상 지금처럼 뜻밖의 사고가 터지자 자신은 당황해서 어쩔 줄을 몰라 하는 것과 달리 재중은 너무나 차분하게 생각하면서 필요한 것을 질문하고 있다.

"네, 우선 지민이와 아라가 통화했을 때 뭔가 통화상으로 목소리가 조금 울리는 듯한 느낌을 받았다고 합니다."

"목소리가 울려요?"

"네. 그리고 통화하다가 갑자기 끊어졌다고 합니다."

"갑자기 끊어졌다……."

통화하는데 목소리가 울렸고, 갑자기 끊겼다는 것만 봐도 확실히 뭔가 이상하긴 했다.

"아라에게 연락은 해봤습니까?"

"네. 하지만 휴대폰이 꺼져 있습니다."

"매니저인 김 군에게서는 연락이 없나요?"

아라에게 뭔 일이 생겼다면 당연히 매니저인 김 군에게서 SY미디어로 소식이 왔어야 했기에 물어보자,

"그것이… 김 군에게서도 연락이 끊겼습니다."

"……."

매니저도 연락 두절이라는 말에 재중의 표정도 조금 굳어졌다.

"교통사고로 연락 두절일 가능성은 얼마나 되죠?"

"그것이… 제가 직접 직원을 보내 아라가 방송을 끝내고 돌아오는 길을 확인해 본 결과 교통사고 건은 없으니 그럴 가능성은 없다고 봐야 합니다."

"……."

그렇다면 일이 심각하게 돌아갈 가능성이 매우 높았다.

그런데 문득 이태형 이사의 말을 듣던 재중은 아라가 행방불명된 사실을 너무 빨리 알았다는 것이 떠올랐다.

스케줄을 무사히 마쳤다는 연락을 김 군으로부터 받은 지 한 시간 만에 연락 두절된 것을 알았으니 말이다.

몇 시간이나 며칠이 지난 것도 아니고 겨우 한 시간 만이라면 정말 빨리 알아차린 것이다.

"아라와 연락 두절된 것을 빨리 알았군요. 저희가."

재중이 나직이 물어보자,

"그렇습니다. 이걸 다행이라고 해야 할지… 아라가 다른 스케줄이 있었는데 그것이 취소되면서 그냥 돌아오라고 김 군에게 연락했다가 알게 되었습니다. 그래서 부랴부랴 여기저기 연락해 보던 중에 지민이와 마지막으로 통화한 것도 알게 된 것입니다."

상황이 이렇긴 하지만 사실 SY미디어 입장에서는 연락 두절된 사실을 정말 운이 좋아 빨리 알아차린 것이다.

물론 아라가 어디에 있는지 알 수 없다는 것은 여전했지만 말이다.

"경찰에 연락은 했습니까?"

연락이 두절됐다면 가장 먼저 경찰에 연락을 취하는 것

이 순서이기에 재중이 물었다.

그런데 의외로 이태형은 고개를 저었다.

"그게… 확실하지 않는 이상 경찰에 연락했다가는 곧바로 기자들이 알게 됩니다. 그래서 아직……."

소속 가수가 연락 두절인데 경찰에 연락을 하지 않았다는 것은 확실히 위험한 결정이긴 했다.

하지만 그만큼 위험하기도 한 것이 바로 지금의 상황이다.

한참 주가를 올리고 있는 베인티의 경우 멤버 한 명이 연락 두절이라는 것은 정말 기자들에게는 자극적이고 맛있는 먹잇감에 지나지 않았으니 말이다.

거기다 한번 이렇게 멤버 실종으로 세상을 떠들썩하게 하면 그만큼 베인티의 이미지에도 타격이 생긴다.

그건 동시에 SY미디어에도 제법 큰 타격을 가져올 수밖에 없었다.

소속 가수 관리에 허점이 있는 기획사로 사람들에게 기억될 것이 뻔했으니 말이다.

무엇보다 그런 일이 생기면 SY미디어를 기피하는 사람도 생길 수 있기에 민감할 수밖에 없는 것이다.

힘 있고 인맥이 있는 큰 기획사라면 은밀하게 경찰의 힘을 빌리는 것도 가능하겠지만, SY미디어는 재중 개인의 기획사나 마찬가지다.

거기다 대표 가수라고는 베인티가 유일한 신생 기획사나 다름없으니 경찰의 도움을 받는다는 것은 그만큼의 위험도 감수해야 했다.

그래서 이태형 이사는 우선 경찰에 손을 내미는 것을 보류할 수밖에 없었다.

"죄송합니다."

이태형이 재중에게 사과했다.

하지만 재중은 오히려 이태형이 잘했다는 생각이다.

굳이 경찰을 개입시켜서 복잡하게 하면 재중만 번거로워질 수 있었다.

그리고 당장은 재중에게도 별 뾰족한 방법이 없기는 이태형 이사와 별다를 게 없었다.

다만 다른 것이라면 그냥 손 놓고 발만 동동 구르는 이태형과 달리 재중은 테라의 소식을 기다리고 있다는 것뿐이다.

─마스터.

'결과는?

재중은 기다리던 테라의 목소리가 들리자 바로 물었다.

─명령하신 아라의 흔적이 인천 쪽에서 발견되었습니다.

'인천?'

재중은 테라가 아라의 흔적을 인천에서 발견했다는 말에 곧바로 이태형에게 물었다.

"이태형 이사님."

"네, 대표님."

"아라 양이 인천 쪽에 스케줄이 있었습니까?"

"네? 인천이라면… 오늘은 없습니다."

"……?"

재중은 이태형 이사의 말 중에 문득 오늘이라는 것이 이상해서 다시 물었다.

"오늘… 이라면 다른 날에는 있었다는 거군요?"

"아, 네. 3일 전인가? 베인티 전 멤버가 인천 쪽 차이나 타운에서 행사를 한 적이 있습니다. 그쪽에서 좋게 봤는지 다음 주도 행사가 잡혀 있습니다만, 갑자기 왜 인천은……?"

이태형은 재중이 갑자기 인천에 대해 물어보자 영문을 모르겠다는 듯 고개를 갸웃거렸다.

하지만 재중은 이태형의 대답을 듣자마자 곧바로 일어섰다.

"어딜 가십니까?"

"제가 아는 사람에게 아라에 대해서 좀 알아봐 달라고 해야겠습니다."

"네? 대표님이 아시는 분이 있으십니까? 혹시나 경찰……?"

이태형 이사는 재중이 나서는 것을 보고는 혹시라도 경찰 쪽 높은 분과 인연이 닿아 있는 것은 아닌지 하는 기대를 가득 담아서 물어보았다.

재중은 고개를 저었다.

"그냥 탐정입니다."

"아, 탐정……."

사실 외국에서는 탐정이 경찰보다 더 대단한 활약을 하는 경우가 많았다.

그래서 오히려 경찰보다 탐정을 더욱 선호하는 편이다.

하지만 한국의 경우 경찰에 대한 신뢰도가 의외로 높은 편이다.

세계적으로 치안이 잘되어 있는 나라로 꼽혀서 여행자들이 안심하고 찾을 정도인 것이다.

그 정도로 경찰 신뢰도가 높다 보니 탐정에 대한 인식이 그다지 좋은 편은 아니었다.

이태형 이사도 그런 축에 속하는지 재중이 탐정이라고 하자 급 실망하는 표정을 지어 보였다.

"그래도 나름 외국에서 전문적으로 탐정 일을 배운 사람이니 한번 도움을 청해볼까 합니다."

"네, 그럼 다녀오십시오."

재중의 말에도 역시나 탐정에 대해서는 그다지 신뢰하지
않는 이태형이었다.

그러거나 말거나 재중은 SY미디어를 나오자마자 곧바로
테라와 함께 공간이동을 사용했다.

재중이 향한 곳은 아라의 흔적이 마지막으로 끊겼다는
곳이었다.

*　　　*　　　*

"여기?"

―네, 마스터. 이곳에서 마지막 흔적이 끊겼어요.

"자세한 것은 아직 없는 건가?"

―그게… 어찌 된 일인지 이곳 차이나타운은 제 패밀리
어들의 활동 제약이 너무 많아서 당장 알아낸 것은 이것뿐
이에요, 마스터.

테라의 말에 재중은 고개를 들어 감각을 활성화시켰다.

"……."

그러자 놀랍게도 재중이 서 있는 곳에서 불과 3미터 떨어
진 곳을 시작으로 차이나타운 전체에 마법적 기운이 감지

되기 시작했다.

그 숫자도 수백 개를 가볍게 넘어서 수천 개나 될 만큼 엄청난 수가 감각에 걸려들었다.

"삼합회… 녀석들."

재중은 감각에 걸려든 마법적 기운이 모두 부적의 모습인 것을 확인할 수 있었다.

한마디 한 재중이 곧바로 마나를 끌어 올려 활성화시키기 시작했다.

지금 당장 아라를 찾기 위해서는 그 무엇보다 테라의 마법이 필요한 상황이다.

그런데 그런 테라의 마법을 부적들이 마법진, 아니, 정확하게는 마나를 품은 부적들이 진법을 만들어서 막고 있으니 진법을 먼저 부숴 버릴 수밖에 없었다.

—마스터, 진법을 다 부숴 버리시게요?

테라는 지금 재중이 마나를 끌어 올려 활성화하는 이유를 알아채고 물었다.

"지금 당장은 아라를 찾는 것이 급하니까 어쩔 수 없지."

웬만하면 직접적으로 영향이 오지 않는 한 이슈가 될 만한 힘을 쓰지 않을 생각이던 재중이다.

하지만 지금의 상황은 선택의 여지가 없었다.

재중은 차이나타운에 퍼져 있는 부적을 모조리 파괴할 생각으로 마나를 빠르고 강하게 활성화시키기 시작했다.

화르륵!!

재중이 마나를 활성화시킨 지 불과 1초가 지났을까?

가장 가까이 있던 부적이 재중의 마나를 이기지 못하고 불타기 시작했다.

그것을 시작으로 재중이 서 있는 곳을 중심으로 빠르면서도 확실하게 부적들이 불타 없어지기 시작했다.

"에구머니나!"

"이게 무슨 조화야!!"

"에고, 천지신명님!!"

상황이 이렇다 보니 차이나타운에서 살고 있던 화교들은 마른하늘에 날벼락 수준의 황당한 일을 당할 수밖에 없었다.

집안의 잡귀를 쫓기 위해서 일부러 용하다는 도사에게서 부적을 비싸게 사서 붙였는데 갑자기 부적만 불타서 사라져 버렸으니 말이다.

그런데 그건 한 집만 그런 것이 아니었다.

차이나타운에 살고 있는, 중국 본토에서 건너왔다는 정말 용하다는 도사에게 부적을 사서 붙인 모든 집의 부적이 불타서 사라져 버리자 난리가 나버렸다.

"잡귀가!! 귀신이 들어왔다!!"

"아이고!! 귀신이 부적을 삼켜 버렸네!!"

저녁 시간에, 그것도 아직 완전히 어둠이 내려앉지 않은 시간에 동시다발적으로 차이나타운의 부적만 불타 버린 상황이다.

자연히 미신과 풍수지리를 철석같이 믿는 화교들은 일제히 가게 문을 닫아버렸다.

부적만 불타 없어지는 기이한 현상을 눈으로 직접 보고도 가게 문을 열고 장사할 만큼 담력이 있는 사람은 없었으니 말이다.

―마스터, 왜 다들 갑자기 문을 닫아버리죠?

"…그러게?"

테라의 마법을 방해한 진법을 구성하던 부적을 모조리 태워 버린 재중은 순식간에 시커먼 어둠과 가로등만 남아버린 차이나타운의 모습을 보면서 고개를 갸웃거렸다.

자신 때문에 이런 난리가 벌어진 것도 모르고서 말이다.

사실 부적이 불탔다고 경찰을 부를 수는 없는 일이 아닌가.

결국 화교들이 선택할 수 있는 것은 가게 문을 닫고 조용히 오늘 밤이 지나기를 기다리는 것뿐이기에 이런 웃지 못할 난리가 벌어진 것이다.

귀신이 부적을 태웠다고 경찰에 신고할 수는 없었다.

물론 신고했다고 경찰이 오지도 않겠지만 말이다.

"시작해라."

재중은 가게들이 모두 문을 닫고 사람의 흔적이 완전히 사라져 버리자 오히려 좋았다.

자신에게는 어둠이 내린다는 것은 그만큼 활동의 영역이 넓어지고 제약이 없어지는 것이니 말이다.

—파인드!!

재중의 명령이 떨어지자 곧바로 테라의 손에 드래곤의 마도서가 떠오르더니 저절로 페이지가 펼쳐지다 한 군데서 딱 멈추었다.

스팟!!

그리고 곧바로 마법이 발동한 듯 마도서로부터 푸른빛의 마나 덩어리가 하늘로 솟아오르더니 어느 정도 높이에 올라가자,

펑~!

저절로 터져 버렸다.

그렇게 터져 버린 마나의 파편이 사방으로 퍼져 나갔다.

그리곤 순식간에 차이나타운 전체를 마나의 파편으로 감

싸 버렸다.

─찾았어요, 마스터.

역시 드래곤의 마도서답게 탐색 마법 한 번에 아라를 찾아낸 테라였다.

"위치는?"

─이곳에서 2㎞ 밖 인천항구에 있는 작은 어선이에요.

"인천항? 어선?"

테라의 말을 듣자마자 재중의 뇌리에 바로 떠오른 것은 하나였다.

"젠장, 인신매매였군."

황당하게도 아라는 인신매매하는 녀석들에게 잡힌 것이다.

그것도 불과 연락 두절되고 20분 만에 이미 작은 어선에 있다고 한다.

그것은 조금만 늦었어도 재중도 찾지 못했을 만큼 녀석들의 행동이 빨랐다는 뜻이기도 했다.

─헐, 무슨 저런 간 큰 놈들이 있대. 연예인을 납치해서 중국에 팔다니, 나 원 참.

테라도 황당하기 그지없었다.

일반 여자도 아니고 한창 활동하는 걸그룹 멤버를 납치해서 인천항을 통해 빼돌리려고 했다니, 이건 황당함을 넘어서 기가 막혔다.

반면 재중은 표정이 차갑게 식어가기 시작했다.

본래 대륙에 있을 때부터 노예제도를 시작으로 사람을 사고판다는 것에 거부감을 가지고 있던 재중이다.

거기다 더해 지금은 정태만으로 인해 더욱 치가 떨린 상황이다.

그런데 다른 사람도 아니고 자신의 소속사 가수를 납치해서 빼돌렸다고 한다.

이건 용서고 뭐고 생각할 가치도 없었다.

"이동한다."

재중은 나직하게 한마디 하더니,

쾅!!

곧바로 땅을 박찼다.

갑작스런 큰 소리에 차이나타운 사람들이 얼굴을 내밀었을 때쯤에는 이미 재중은 인천항에 도착해 있었다.

"정확한 위치는?"

재중은 인천항이 한눈에 내려다보이는 가장 높은 건물 꼭대기에 사뿐히 내려서면서 테라에게 물었다.

─저기 인간호라고 쓰인 붉은색의 작은 어선이에요.

재중은 테라의 말에 곧바로 눈에 마나를 집중했다.

밝아진 재중의 시야에 들어온 것은 허름한 옷차림에 이

제 막 출항 준비를 거의 마쳐 가는 인신매매범들의 모습이었다.

아라는 배 안쪽에 있는지 보이지 않았다.

"아라의 상태는 어때?"

재중은 아무래도 납치다 보니 아라의 상태가 걱정되어서 물었다.

─불안, 흥분, 그리고 공포가 가장 강하게 느껴지고 있어요, 마스터.

"쳇."

재중은 아라가 차라리 기절해 있다면 나중에 상황 정리하기가 편할지도 모른다는 기대를 했다.

하지만 역시나 극도의 불안한 상태로 배 안에 갇혀 있는 듯했다.

"소속 가수의 안전을 오너가 책임지는 것은 당연한 의무겠지?"

─그건 그렇죠, 마스터.

재중의 낮은 중얼거림에 테라가 맞장구를 쳤다.

그리고 테라의 말이 끝나자마자 그것이 신호라도 되는 듯,

탁!

재중의 신형이 빠르게 하늘로 솟구쳤다.

그리고는 곧 어둠 속에 동화되듯 허공으로 사라져 버렸다.

*   *   *

"어서 서둘러!"

"알아! 걱정 마! 이미 출항 신고도 마쳤으니까 바로 움직이면 돼!"

인간호는 지금 빠르게 출항 준비를 마쳐 가는 중이었다.

대외적으로 알려지기는 조기를 잡아서 한국에 납품하는 것이 주업인 그들이다.

그들은 그렇게 평범한 어부의 얼굴을 내세워서 인천에서 제법 오래 활동했다.

그러다 보니 주변 대부분이 아는 사람이고, 인천세관에서도 출항하기 전에 신고만 하면 대부분 그냥 통과시켜 주었다.

다만 인간호의 부업이 무엇인지 아는 사람이 거의 없다는 것이 문제였다.

"왕 씨, 이번 물건은 가수라며?"

"쉿!"

옆에서 정박용 밧줄을 잡아끌면서 말하는 동료의 목소리에 화들짝 놀란 왕 씨는 황급히 불안한 눈빛으로 주변을 둘러보기 시작했다.

얼마나 살펴봤을까?

거의 1분 가까이 꼼꼼하게 주변을 살펴본 왕 씨는 그제야 한숨을 쉬더니 입을 함부로 놀린 동료에게 다가갔다.

"너, 쥐도 새도 모르게 고기밥 되고 싶어?"

"헉! 아, 왕 씨, 미안해."

그제야 동료도 순간 자신이 실수했다는 것을 깨닫고는 뒤늦게 주변을 둘러보기 시작했다.

"됐어. 내가 다 살펴봤어."

"휴우, 미안해. 내가 순간 깜빡했지 뭐야."

"알아. 너와 일한 게 벌써 10년이 넘었는데. 하지만 조심해야 해. 너나 나나 실수라도 입 뻥긋해서 걸리면 알지?"

왕 씨가 주의를 주면서 손으로 목을 쓰윽 긋는 행동을 취하자 동료는 강하게 고개를 아래위로 끄덕였다.

사실 왕 씨의 진짜 동료는 따로 있었다.

하지만 동료가 술을 먹고 실수로 사람을 사고파는 것이 가장 돈을 많이 번다고 딱 한 번 떠든 적이 있었다.

그리고 다음날 그 동료는 영원히 사라져 버렸다.

"첸이 어떻게 사라진 줄 기억한다면… 주 씨도 조심해."

"당연하지. 미안해, 왕 씨. 내가 미쳤지, 미쳤어."

순간 방심해서 입을 잘못 놀린 동료 주 씨는 마치 자신의 목에 보이지 않는 칼날이 지나간 것 같은 섬뜩한 기분을 지울 수가 없었다.

아무도 그 당시 첸이 어떻게 되었는지 알 수가 없으니 말이다.

다만 왕 씨의 물고기 밥이 되었다는 말을 생각해 볼 때, 시체를 토막 내서 바다에 버렸다는 것을 추측할 수 있을 뿐이다.

"주 씨, 서둘러. 이번에는 삼합회에서 직접 인수받으러 온다고 했으니까 늦으면 우리도 위험해."

"이크! 알겠네!"

주 씨는 왕 씨의 말에 서둘러 밧줄 정리를 끝내고 엔진을 움직였다.

곧 인간호는 여느 어선과 똑같이 천천히 인천항을 떠났다.

통통통통!

선원이라고는 왕 씨와 주 씨가 전부인 작은 어선 인간호다.

인천항의 불빛이 희미하게 보일 만큼 멀어지자 그제야 바짝 긴장한 표정들이 부드럽게 풀리기 시작했다.

그런데 인천항에서 멀어졌고 망망대해에 자신들뿐이라는 마음 때문일까?

"왕 씨, 저기… 저 여자, 우리가 손대면 안 될까?"

주 씨는 이미 50대에 접어들었고 왕 씨도 주 씨와 비슷한 50대이다.

그들은 중국과 한국을 오가면서 조기도 잡고 사람도 실어 나르면서 돈은 제법 버는 편이었다.

그런데 문제라면 아직 둘 다 결혼을 하지 못했다는 것이다.

사람 실어다 나르는 일이 워낙에 위험한 일이기도 했다.

하지만 무엇보다 혹시라도 누군가에게 들키는 날에는 언제 잡혀서 토막 나 바다에 버려질지 알 수 없는 일이라는 게 문제였다.

워낙 어떻게 될지 알 수 없는 일이다 보니 못한 것이 아니라 하지 않은 것이다.

물론 처음부터 인신매매를 하겠다고 작정하고 시작했던 것은 아니었다.

한국으로 넘어오기 위해서 중국에서 빌린 돈을 갚으려 미친 짓인 줄 알면서도 선택한 일이다.

하지만 이런 일은 본래 한번 발을 담그면 절대로 빠져나올 수 없는 늪이나 마찬가지였다.

주 씨도 그렇지만 주 씨보다 오래 이 일을 한 왕 씨도 이미 빚을 갚았다.

하지만 정신을 차린 다음에는 더 이상 자신들이 어쩔 수 없을 만큼 멀리 와버린 것을 깨달았다.

거기다 주 씨와 왕 씨 둘 다 소심하고 조심성이 많다 보니 주변에 친구도 없는 형편이었다.

혹시라도 여자를 돈 주고 샀다가 실수라도 할까 봐 여자도 안지 못하고 생활하다 보니 남자의 본능이 깨어나는 것은 어쩔 수 없었다.

"이 사람이 큰일 날 소리 하네."

왕 씨는 주 씨의 말에 화들짝 놀라면서 다그쳤다.

그런데 이상하게 자신도 지금 생선 보관실에 있는 여자가 생각났다.

"왕 씨, 여자 구경 못한 지 벌써 몇 달째야? 난 지금 몸에서 사리가 나오려고 해."

여자를 사고팔 때 아무래도 도주의 위험성 때문인지 완전히 발가벗긴 상태로 손과 발, 그리고 입을 묶어서 이동하는 것이 대부분이었다.

거기다 여자 구경하기 힘든 남자 둘이서 중국까지 무려 14시간을 가야 한다.

가까이에 나체에 손과 발, 그리고 입이 묶여 있는 여자가 있다는 것은 확실히 유혹이었다.

"주 씨, 이번에는 안 돼. 회에서 높은 분이 직접 나올 정도면 이번에는 그냥 가는 게 좋아."

사실 왕 씨와 주 씨가 결혼도 하지 않고 여자를 돈 주고 사지도 않으면서 오랫동안 여자 없이 지낼 수 있었던 데는 따로 이유가 있었다.

바로 지금처럼 여자를 중국까지 날라주는 부탁을 받을 경우가 그들에게는 기회였다.

배가 바다로 완전히 나오면 그들만의 잔치를 벌일 수 있기 때문이었다.

어차피 곧 중국으로 팔려갈 여자이다.

자신들의 흔적만 크게 남기지 않는다면 중국 쪽에서도 그다지 문제 삼지 않았기에 미친 듯이 여자를 탐했던 것이다.

주 씨는 이번에도 그것이 생각난 것인지 왕 씨에게 말을 걸었다.

하지만 이번만큼은 왕 씨가 고개를 저으면서 단칼에 거절해 버린 것이다.

그러자 주 씨는 괜히 심통이 났다.

"까짓것, 고무장갑 끼면 아무도 모르잖아. 안 그래, 왕 씨?"

주 씨는 아라의 미색과 잘빠진 몸매, 그리고 몰래 인계받으면서 슬쩍 본 탐스러운 몸이 머릿속에서 떠나지 않는 듯 계속 부탁하기 시작했다.

하지만 왕 씨는 지금 주 씨가 하는 부탁이 얼마나 위험한지 잘 알기에 끝까지 거절할 수밖에 없었다.

"주 씨, 제발 정신 차려. 회에서 간부가 직접 인계받으러 온다는 말 못 들었어? 혹시라도 간부가 알아채기라도 해봐. 우리는 그 자리에서 물고기 밥이 되는 거야, 이 친구야. 정신 차려."

"그거야 그렇지만, 캬, 아까운데."

망망대해에서 무려 14시간을 가야 하는 뱃길이다.

거기다 왕 씨와 주 씨 단둘뿐이라는 환경이 없던 용기도 만들어낼 수밖에 없었다.

그런 상황이긴 하지만 왕 씨는 그런 주 씨의 용기가 얼마나 미친 짓인지 너무나 잘 알기에 끝까지 거부할 수밖에 없었다.

왕 씨가 열쇠를 쥐고 있으니 그게 그나마 다행이라면 다행이었다.

"참 잘한 선택이야. 크크크크크큭."

"……?"

"……?"

왕 씨와 주 씨는 갑자기 선미에서 들리는 낯선 목소리에
화들짝 놀라 고개를 돌렸다.

그들은 황당하게도 흔들리는 파도에도 아랑곳하지 않고
인간호의 뱃머리 끝부분에 서 있는 그림자 하나를 발견할
수 있었다.

바로 재중이었다.

"저, 저거 뭐야?!"

"누구냐?!"

인신매매를 하기 때문인지 왕 씨와 주 씨의 반응은 제법
빨랐다.

주 씨는 재빠르게 옆에 있던 쇠로 된 갈고리를 손에 들었
다.

왕 씨의 손에는 권총이 들려 있다.

끼리릭!

경험이 많은 듯 왕 씨는 노리쇠를 뒤로 미리 당겨놓는 숙
련된 모습을 보여주었다.

사실 일반적으로는 이렇게 갑자기 누군가 나타나면 권총
이 있다고 해도 크게 도움이 되지 않는 경우가 대부분이다.

사람이 놀라게 되면 우선 근육이 경직된다.

그러면서 모든 반응이 일순간 짧게는 1초에서 길게는 수
십 초까지 멈춰 버린다.

하지만 왕 씨와 주 씨는 재중의 목소리를 듣자마자 재중을 확인하고 손에 무기를 쥐었다.

그것 하나만 봐도 그들이 경험이 많다는 것을 알 수 있었다.

"뭐 하는 놈이냐?!"

재중이 선미 끝부분에 위험하게 서 있기에 당장 다가가진 않았다.

하지만 주 씨와 왕 씨는 천천히 움직이기 시작했다.

마치 재중을 포위하듯 말이다.

그런데 주 씨 뒤에서 천천히 움직이던 왕 씨가 갑자기 권총을 재중을 향해 겨누더니 방아쇠를 당기는 것이 아닌가?

탕탕탕탕!!

"……!!"

주 씨가 갑작스런 왕 씨의 행동에 놀란 듯 뒤돌아봤다.

"이런 경우는 빨리 처리해야 우리가 사는 거야."

주 씨와 달리 왕 씨는 망망대해, 그것도 어로도 아닌 곳에 재중이 있다는 것 자체에 대해서 의문보다는 무조건 처리하는 것을 선택한 것이다.

물론 왕 씨의 결정은 확실히 현실적인 선택이긴 했다.

상대가 재중이 아니라면 말이다.

"…저, 저……."

"말도 안 돼!!"

무려 네 발의 총알을 쐈다.

거기다 주 씨와 달리 왕 씨는 중국에서 군대까지 다녀온 경험이 있었다.

권총을 다루는 것은 당연히 익숙했다.

하지만 그런 경험이 무색하게도 왕 씨와 주 씨는 서로 자신이 지금 보고 있는 것이 현실인지 의심할 수밖에 없는 상황에 처하고 말았다.

두 사람은 놀라움과 동시에 발끝에서부터 피어오르는 공포를 느끼는 중이다.

"어떻게… 총알이… 총알이……."

정확하게 재중의 가슴을 향해 발사된 네 발의 총알이 허공에 멈춰 버린 것이다.

그것도 가만히 서 있는 재중의 바로 앞에서 말이다.

씨익~

재중은 자신 앞에 멈춰 버린 허공의 총알을 향해 손을 내밀었다.

그리곤 총알 하나를 집어 들더니,

"받은 건 돌려주지."

총알을 손가락 사이에 끼우고 가볍게 튕겼다.

퍼걱!!

재중의 손가락에서 튕긴 총알은 정확하게 왕 씨의 이마를 뚫어버렸다.

"허억!!"

뭐가 어떻게 된 건지 상황을 판단하기도 전이었다.

왕 씨의 이마에 구멍이 뚫리자마자 이를 지켜본 주 씨가 재중에게 시선을 돌렸다.

그런데 재중이 입가에 미소를 지으면서 방금 왕 씨를 죽인 것처럼 손가락에 총알을 끼우고 튕길 자세를 취하고 있는 것이 아닌가.

"아, 안……."

퍼걱!!

주 씨가 미처 뭐라고 말을 하기도 전에 재중의 손가락이 튕겼다.

그리고 주 씨도 왕 씨와 마찬가지로 이마에 구멍이 뚫리면서 죽어버렸다.

수년 동안 한국에서 중국으로 사람을 실어 나르는 일을 하던 인간호다.

하지만 그렇게 허무하게 사라져 버렸다.

아무도 모르게 아주 조용히 말이다.

재중은 주 씨와 왕 씨를 처리한 후 아라가 잡혀 있는 곳으로 갔다.

문이 잠겨 있었지만 문손잡이를 잡더니 그대로 잡아 뜯어버렸다

으으득!!

열쇠?

그런 것은 애초에 무의미했다.

문을 열고 들어선 재중의 눈에 보인 것은 온몸을 바들바들 떨면서 겁먹은 눈으로 문을 연 재중을 쳐다보는 한 쌍의 눈동자였다.

"테라."

─네, 마스터.

아라와 눈이 마주친 재중이 나직이 테라를 불렀다.

어둠 속, 아라의 뒤에서 테라가 사뿐히 모습을 드러냈다.

테라는 손가락 하나를 아라의 머리에 살짝 가져다 대면서 말했다.

─슬립.

털썩!

순식간이었다.

이미 정신과 몸이 완전히 바닥까지 지쳐 있던 아라였기에 슬립 마법을 사용하자마자 그대로 쓰러져 버렸다.

테라는 조용히 아공간에서 모포를 꺼내 아라의 몸을 감싼 후 재중에게 넘겼다.

"흔적도 남기지 마라."

재중은 나직이 한마디를 남기고는 어둠 속으로 녹아들 듯 사라져 버렸다.

―네, 마스터.

테라는 재중이 사라지자 곧바로 하늘로 몸을 떠우더니 이제는 주인을 잃고 혼자 바다 위를 질주하고 있는 인간호를 향해 손을 내밀었다.

―그 모든 것을 태워 버릴 것이다. 헬 파이어!

테라의 양손 끝에 조그마한 불꽃이 피어올라 회전을 시작했다.

회전이 계속될수록 점점 불꽃이 커져 갔다.

그리고 불과 몇 초의 시간이 지났을까?

순식간에 축구공만 한 크기로 커져 버린 불덩어리였다.

하지만 불덩어리는 멈추지 않고 계속해서 크기가 커지더니 나중에는 커다란 애드벌룬 크기까지 커졌다.

마침내 커다란 불덩어리는 회전을 멈추더니 그대로 떨어져 내렸다.

바로 인간호 위로 말이다.

쿠콰!!

바다 한가운데이다.

주변이 모두 물이고, 불과 물은 기본적으로 서로 상극이다.

하지만 놀랍게도 테라의 손에서 떨어져 내린 헬 파이어
는 바다 위에서도 활활 타올랐다.

인간호의 쇳조각 하나까지도 모두 녹여 바다 속에 가라
앉을 때까지 불꽃은 꺼지지 않았다.

인간호가 완전히 흔적도 없이 사라진 것을 확인하고 나
서야 테라의 모습도 재중과 마찬가지로 어둠 속으로 사라
져 버렸다.

Chapter 07
영혼소환

재중귀환록

"이대로 데려가면 문제가 되겠지?"

재중은 자신의 품에 안긴 채 잠들어 버린 베인티의 멤버 아라를 보면서 중얼거렸다.

─아무래도 쇼크로 가수는커녕 일상생활도 힘들 거예요, 마스터.

인간호를 완전히 흔적도 없이 지워 버린 테라가 어둠 속에서 불쑥 나타나면서 대답했다.

"테라."

─네, 마스터.

"인간의 기억을 일정 부분만 지우는 건 불가능한가?"

가능하면 오늘 있었던 납치 사건은 아라의 기억 속에서 완전히 지워 버려야만 한다.

이건 평생 아라가 짊어지고 살아가야 할지도 모를 만큼 커다란 상처였으니 말이다.

그리고 이제 막 활동을 시작한 베인티의 그룹 전체에도 당연히 영향을 끼칠 만큼 중요한 사항이다.

—아, 그게… 모든 기억을 깨끗하게 지우고 새로 시작하는 거라면 몰라도 일정 부분만 지우는 것은 거의 불가능해요.

"그래?"

재중이 나직하게 말했다.

—하지만 아주 방법이 없는 것은 아니에요, 마스터.

"……?"

—지금 잠들어 있는 아라의 기억을 흐릿하게 해서 꿈을 꾼 것 같은 상황을 만들면 돼요.

"꿈? 악몽이 되겠군."

그렇게라도 할 수 있다면 해야 했다.

기억을 완전히 지우는 건 불가능하지만 예전에 재중의 주변 사람들 기억을 흐리게 했던 것처럼 아라의 납치 기억도 꿈처럼 흐릿하게 할 생각이다.

물론 최대한 흐릿하게 하긴 하겠지만, 상황이 상황인만큼 완전히 기억을 지우는 것은 사실상 테라도 불가능하였으니 말이다.

"그보다 매니저인 김 군의 행방은?"

아라가 연락 두절이기에 우선 아라에 집중했지만 매니저인 김 군 상황도 중요했다.

물론 우선순위에서 밀리긴 했지만 말이다.

—그것이… 찾기는 했어요, 마스터.

힘없이 대답하는 테라의 모습에 재중이 상황을 예감하고 나직하게 물었다.

"죽었나?"

자신의 연예인을 목숨처럼 아끼는 것이 바로 매니저들이다.

키우는 가수를 위해서 할 수 있는 것은 뭐든지 하고 보는 그들이었다.

그 성격상 아라가 납치되어 중국으로 실려 가는 상황이라면 예측 가능한 경우의 수는 그리 많지 않았다

—네. 제 패밀리어가 찾았는데, 이미 숨이 끊어진 상태예요, 마스터.

"곤란하군."

김 군이 죽었다는 것은 물론 그 자체로도 문제이다.

사람이 죽은 일 아닌가.

하지만 지금은 단순히 그뿐만이 아니라 테라의 말처럼 아라에게 있었던 일을 꿈처럼 생각되게끔 하려면 매니저인 김 군이 무조건 살아 있어야만 했다.

그렇지만 아무리 드래곤이라도 이미 죽은 사람을 다시 살리는 것은 불가능했다.

난감한 상황에 처한 것이다.

―저기 마스터.

"응?"

―한 가지 방법이 있긴 한데 그게 좀… 마스터께서 허락을 해주셔야 해요.

"방법?"

재중은 난감하던 차에 궁금하여 고개를 돌리자,

―전에 데이빗 랜필드를 기억하시죠, 마스터?

크루즈에서 가장 안 좋은 기억을 남긴 녀석의 이름이 테라의 입에서 나왔다.

재중은 자연히 미간을 살짝 찡그렸다.

하지만 그것과 동시에 테라가 하려는 말이 무엇인지 알아챌 수 있었다.

"시체를 조종하겠다는 거야?"

―네. 아니, 정확하게 말하자면 매니저인 김 군과 똑같이

생긴 패밀리어를 만들어서 베인티의 매니저 역할을 계속하게 하는 거죠.

"…김 군의 기억까지 모두 가지고 있는 녀석을 만들어야 할 텐데……."

그것이 중요했다.

이미 죽은 사람의 기억까지 모두 가지고 있는 완벽하게 똑같은 김 군을 다시 만들어야 했으니 말이다.

—뭐… 완벽하게 기억까지 복제하는 수준으로 하려면 죽은 김 군의 뇌가 있어야 하는데, 그것도 사실 이미 죽은 지 시간이 경과되어서 거의 불가능해요. 하지만 제가 최대한 비슷하게 만들어볼게요. 다른 건 몰라도 패밀리어를 만드는 것 하나만큼은 드래곤을 따를 존재가 없으니까요.

"하긴."

드래곤은 수면기에 들어서면 감각과 방어 능력이 떨어지는 편이다.

그렇기 때문에 필연적으로 드래곤은 가디언을 만드는 것을 중요하게 생각할 수밖에 없었다.

그리고 지금 재중을 따르고 있는 테라나 흑기병도 모두 드래곤이 만든 가디언이다.

거기다 테라는 드래곤의 마도서이지 않는가?

다른 마법도 확실하지만 가디언을 만드는 방식으로 만들

어내는 패밀리어는 아마 드래곤을 제외하면 테라가 최고일 것이다.

"시간은?"

벌써 아라가 연락 두절된 지 한 시간이 되어가는 중이다.

아마 여기서 몇 시간을 더 지체한다면 아무리 이태형 이사라도 경찰에 연락할 수밖에 없을 것이다.

―두 시간은 있어야 해요.

"…시간이 문제군."

재중은 두 시간 동안 시간을 벌기 위해서 어쩔 수 없는 선택을 해야만 했다.

소속 연예인이 실종된 마당에 두 시간이라면 경찰부터 시작해 다른 수단을 써서 오히려 일을 복잡하게 만들 수가 있었으니 말이다.

틱!

갑자기 재중이 휴대전화를 꺼내더니 이태형에게 전화를 거는 것이 아닌가?

―마스터, 거기에 전화는 왜?

테라도 재중이 갑자기 이태형 이사에게 전화를 걸자 당황했다.

그런데 신호음이 끊기고 이태형 이사의 목소리가 들리자,

"여보세요. 이사님, 저 아라예요."

—…….

황당하게도 재중의 입에서 지금 품에 잠들어 있는 아라와 똑같은 목소리가 흘러나오는 것이 아닌가?

음성, 말투 등 모든 것이 실제 아라와 완전 똑같았다.

—아라야! 왜 연락이 안 된 거야?!

이태형 이사도 재중의 목소리에 감쪽같이 속은 듯 큰 소리로 윽박을 질렀다.

그런데 그 목소리가 얼마나 큰지 스피커폰 기능을 켜지도 않았는데 테라에게도 들릴 정도이다.

"아, 죄송해요. 갑자기 매니저 오빠가 차가 고장 났다면서 급하게 가까운 카센터에 갔는데요, 엔진에 문제가 생겼다고 해서요."

—그럼 그렇다고 전화를 해야 할 것 아니야! 지금 사무실에 얼마나 난리가 난 줄 알아!

이태형 이사는 윽박지르긴 했지만 별일 없다는 것에 안심한 듯했다.

아무래도 놀란 게 컸는지 지금도 크게 나무라지는 못하고 있었다.

재중은 대충 두 시간 뒤 수리가 끝나고 사무실로 돌아간다는 말을 남긴 뒤 전화를 끊었다.

―마스터, 언제 성대모사까지… 하신 거예요?

너무나 황당해하는 테라와 달리 재중은 별것 아닌 듯 씨익 웃으면서 말했다.

"어릴 때 길거리에서 살아남으려면 뭐든지 해야 했으니까."

재중의 방금 아라의 성대모사는 드래곤의 피를 받아서 생긴 능력으로 한 것이 아니었다.

연아를 찾아 고아원을 뛰쳐나온 뒤 길거리 생활을 하던 당시 재중이 살기 위해서 익힌 기술이다.

100원짜리 하나를 얻기 위해 아픈 것처럼 목소리도 내야 했고, 말을 못하는 벙어리처럼 말하고 행동하기도 했다.

그뿐인가?

남자이면서도 여자처럼 목소리를 내서 돈을 얻는 짓까지 서슴없이 한 재중이다.

오로지 그날 하루 먹을 것을 구해 살아남아야 된다는 것, 그것 하나뿐이었기에 필사적으로 익혔었다.

그리고 그 결과 지금 아라의 목소리를 똑같이 흉내 낼 수 있었던 것이다.

―마스터, 전 오늘 마스터의 새로운 모습을 알아서 기뻐요.

사실 힘을 얻고부터는 성대모사를 사용할 필요가 없었기

에 하지 않았을 뿐이다.

하지만 몸은 여전히 어릴 적 기술을 그대로 기억하고 있었다.

다만 재중은 테라의 저 반짝거리는 눈동자가 조금 부담스럽게 느껴졌다.

―우선 인적이 없는 곳으로 이동해야 해요, 마스터. 아무래도 복잡한 마법이다 보니 주변 환경에 좀 민감하거든요.

바로 테라가 이동한 곳은 무인도였다.

예전에 재중이 정태만을 심판하던 그 무인도이다.

이미 이곳은 테라가 철저하게 조사한 뒤에 재중에게 알려준 곳이다.

때문에 지금처럼 주변에 방해 요소가 절대로 없어야 하는 경우 가장 완벽한 장소였다.

―자, 우선 김 군의 시체를 이렇게 놓고… 이건 이렇게 하고…….

마치 옛날 동화책에 나오는 마녀가 이상한 마법 물약을 만드는 것 같은 모양새다.

테라는 김 군의 시체를 마법으로 한쪽에 세우고 그 옆에 진흙으로 만든 사람 모양의 인형을 세워두었다.

진흙 인형에 다가간 테라는 손에 조각칼을 들고 열심히

조각을 하기 시작했다.

언뜻 그저 그냥 아무렇게나 진흙을 조각하는 것처럼 보이기도 했다.

하지만 천천히 시간이 지날수록 진흙 인형은 죽은 김 군을 똑같이 닮아가고 있었다.

—에고, 겨우 1차 작업이 끝났네.

테라는 거의 30분이 넘도록 진흙 인형과 씨름했다.

그 결과 재중이 봐도 흙으로 만든 인형이라는 것만 빼면 놀랍도록 죽은 김 군과 똑같은 인형이 탄생했다.

재중은 김 군을 빼닮은 인형을 보곤 저절로 감탄을 할 수밖에 없었다.

—후후후훗, 어때요, 마스터? 대단하죠?

"이건 굉장하군."

재중도 테라가 만든 진흙 인형을 보며 감탄을 아끼지 않았다.

얼마나 똑같은 모습이냐면, 죽은 김 군의 거시기까지 완벽하게 똑같이 조각해서 만들어놓은 것이다.

털 하나까지 말이다.

—하지만 아직 놀라시기는 일러요, 마스터.

진흙 조각만으로도 놀라운데 테라는 그게 끝이 아닌 듯 말했다.

테라가 재중을 향해 의미심장한 미소를 지으면서 기대하라는 표정을 지었다.

─이걸 이렇게… 저건 이렇게……. 아, 마나석 이건 여기에. 에고, 이건 술식이 복잡하네.

마법을 사용하지 못하는 재중은 지금 테라가 무엇을 하고 있는지 정확히는 알 수 없었다

하지만 구체적으로는 몰라도, 마법진에 대한 지식은 많기에 지금 테라가 하려는 마법이 무엇인지는 알고 있다.

"영혼소환술이라……."

─후후훗, 역시 마스터네요. 이건 인간에게는 이미 사라진 드래곤의 마법이라서 모르실 줄 알았는데.

테라는 재중이 지금 자신이 그리고 있는 엄청나게 복잡한 마법진을 보고 핵심을 파악한 것에 싱긋 웃으면서 말했다.

"나도 베르벤에게서 우연히 들었을 뿐이니까. 하지만 영혼소환술은 망자의 영혼을 다루는 거라서 문제점이 많을 텐데?"

재중도 정확하게는 알지 못했다.

하지만 대륙에서 베르벤에게 들은 게 조금 있었다.

영혼소환술은 죽은 사람의 영혼을 다시 지상으로 불러들이는 마법이다.

정말 마법 역사에 한 획을 그었을 만큼 대단한 마법이긴 했다.

하지만 그렇게 대단한 마법이 어째서 인간들의 마법 역사에서 사라졌을까?

이유는 간단했다.

영혼소환술만이 가지는 치명적인 부작용 때문이었다.

영혼소환술은 한마디로 죽은 자의 영혼을 불러내는 것이다.

물론 영혼을 불러내 간단하게 몇 가지 질문하는 정도라면 크게 문제가 되지 않았을 것이다.

하지만 이 영혼소환술을 이용해서 죽은 사람을 되살리려고 한 것이 문제가 되어버렸다.

아무리 천재적인 마법사라고 해도 이미 죽은 사람의 영혼을 끄집어내 다른 인간의 몸에 집어넣는 걸로는 절대로 해결하지 못하는 문제가 있었던 것이다.

살아 있는 모든 존재를 무조건 죽이려고 하는 망자의 본능 때문인지, 영혼소환술이 실현되면 꼭 수십 명에서 많게는 수천 명이 죽었던 것이다.

이건 마법으로 어떻게 해결할 수 없는 치명적인 부작용이었다.

어설프게 영혼소환술을 했을 경우 죽은 자가 좀비나 구

울이 되는 것이 대부분이었다.

그만큼 위험한 마법이었다.

그랬기에 인간의 마법 역사에서 완전히 사라져 버릴 수밖에 없는 운명을 가진 마법이 바로 영혼소환술이었다.

─물론 인간이 만든 영혼소환술은 문제가 많을 수밖에 없죠. 무엇보다 인간의 능력으로 죽은 자를 다루는 것 자체를 신이 허락하지 않았으니까요.

"하긴……."

신의 섭리는 대륙에서 거의 모든 것의 중심이 될 만큼 영향력이 컸다.

그리고 대륙은 실제로 신성력이 현실로 사용되는 곳이기도 했다.

그런데 그런 곳에서 신의 섭리에 어긋나는 행동이 성공한다는 것은 사실상 말도 안 되는 일이었다.

특히나 죽은 자와 산 자의 경계가 뚜렷한 상황에 산 자가 죽은 자를 불러내 되살리는 것은 신의 권능에 도전하는 일이었던 것이다.

─하지만 드래곤이라면 사정이 달라요, 마스터.

"응?"

─드래곤은 신이 창조한 최강의 존재, 즉 신과 인간의 중간에 위치해 있거든요. 그래서 신의 권능에 도전하는 것만

아니면 대부분 신께서 묵인해 주시는 편이에요.

"드래곤이 그 정도의 존재였나?"

재중은 테라의 말을 듣고 도대체 드래곤이 얼마나 신에게서 많은 혜택을 받고 태어났는지 다시 한 번 생각할 수밖에 없었다.

본인이 원하진 않았지만 재중도 지금 드래곤이 되어버린 셈이다.

결국 신의 섭리에서 벗어난 존재라고 할 수 있다.

하지만 지금까지 아무런 문제가 없었기에 그냥 그런가 보다 하고 생각한 재중이다.

그런데 방금 테라의 말 중, 신의 권능에 도전하지 않는 이상 대부분의 일은 신이 묵인해 준다는 부분이 왠지 귀에 들어왔다.

그 부분이 왠지 자신에게도 적용되는 듯한 느낌을 받은 것이다.

―네, 중간계의 조율자라는 말이 그냥 나온 게 아니에요. 후후훗, 드래곤은 그만큼 힘과 혜택을 가지고 태어난 존재니까요.

"훗, 그렇군."

재중은 자신이 참 대단한 존재가 되었다고 생각했다.

뭐, 그렇다고 미친놈처럼 드래곤의 힘을 뿌리고 다닐 생각은 없지만 말이다.

―자, 거의 마무리예요, 마스터.

진흙 인형을 만들 때는 30분 정도밖에 걸리지 않았다.

하지만 영혼소환술을 위한 마법진을 그리는 데는 무려 한 시간을 투자했다.

하지만 완성된 마법진을 본 재중은 자연스럽게 고개가 끄덕여졌다.

테라가 완성한 영혼소환진은 마법진이라는 것을 떠나 이미 하나의 예술 작품에 가까울 만큼 아름다웠으니 말이다.

그런데 마법진을 완성한 테라가 재중을 멀뚱히 쳐다보고 있다.

"……?"

―마스터, 이 마법진을 완성하기 위해서는 꼭 필요한 것이 하나 있어요.

"꼭 필요한 것?"

재중은 마치 수수께끼를 내듯 말하는 테라의 모습에 잠시 생각에 잠겼다.

재중은 이내 지금 테라가 말한 것이 무엇인지 알 수 있었다.

"내 피가 필요하다는 거겠지?"

―딩동댕~ 맞았어요, 마스터. 이 영혼소환마법진이 완

벽하게 작동하기 위해서는 필수적으로 드래곤의 피가 한 방울 필요해요. 소위 드래곤의 피로 영혼소환술을 인간이 아닌 드래곤이 사용한다는 인증 절차라고 생각하시면 되요.

"한 방울?"

─네, 그저 드래곤이 사용한다는 인증만 하면 되니까요.

"그렇다면."

재중은 테라가 그려놓은 영혼소환진 곁으로 다가가 검지를 내밀고 한 방울의 피가 떨어지는 이미지를 머릿속에 그렸다.

그러자 놀랍게도 재중의 검지 끝에 핏방울이 맺히기 시작했다.

똑.

그리고 정확하게 한 방울의 핏방울이 재중의 검지에서 떨어졌다.

재중의 피가 마법진의 중심에 박혀 있는 마나석에 떨어져 닿는 순간.

스팟!

테라가 달리 마법진을 활성화하지 않았는데도 저절로 마법진이 빛을 뿜어내면서 활성화되어 버렸다.

─이제 기다리면 돼요. 대충 일이십 분 정도 걸릴 거예요.

테라의 말에 재중은 앉아서 잠시 기다리기로 했다.

쉽게 볼 수 없는 마법이기에 잠시 구경해 볼까 한 것이다.

그런데 그때 테라가 슬쩍 재중에로 다가왔다.

그러더니 조금 전 마법진 위에서 피를 떨어뜨릴 때 내민 검지를 유심히 쳐다보는 게 아닌가?

"왜?"

―마스터, 상처는 없죠?

마법진 때문에 필요한 일이긴 했지만 자신의 마스터인 재중의 손에서 피가 흘렀다는 것이 못내 마음에 걸리는 테라였다.

"괜찮아. 어차피 내가 피를 조정해서 흘린 거니까."

―아, 하긴 마스터의 몸에 상처를 낸다는 것 자체가 불가능하죠.

그랬다.

지금 재중의 몸은 드래곤이다.

드래곤인 것만으로도 상처를 내는 것이 사실상 거의 불가능하다.

그런데 재중에게는 드래곤에게는 없는 나노 오리하르콘마저 있다.

아마 드래곤과 맞장을 떠도 과연 상처를 입을지 고민해

야 될 정도로 튼튼한 몸뚱이였던 것이다.

칼, 총, 미사일 그 어떤 것도 지금의 재중에게는 무의미했으니 말이다.

재중이 다친다는 것 자체가 과연 가능할지 재중 스스로도 궁금해서 생각해 본 적이 있을 정도이다.

―아~!

가만히 앉아서 마법진을 살피고 있는데 테라가 갑자기 벌떡 일어서면서 소리쳤다.

테라의 갑작스런 모습에 재중이 의아해 그녀를 바라보았다.

―마스터, 보고드릴 것이 있었는데, 상황이 이렇다 보니 이제야 생각났어요.

"보고?"

―랜필드 가문에서 삼합회에 의뢰를 해서 마스터에 대한 정보를 모으고 있는 것 같아요.

"랜필드? 그 데이빗 랜필드가 있다는 가문이겠군."

재중이 가볍게 대답하자 테라는 고개를 끄덕이면서 계속 말을 이었다.

―랜필드 가문에 론도 랜필드라는 녀석이 마스터와 데이빗 랜필드가 싸운 장면을 미친 듯이 파고들었나 봐요.

"흔적이 남았었나?"

당시 데이빗 랜필드와의 싸움을 시작하기 전에 이미 랜필드 가문이 지구의 경제를 움직이는 한 축이라는 말을 들었던 재중이다.

그래서 최대한 조심하고 완벽에 가까울 만큼 계획을 세워 실행했었기에 완전히 잊고 있었다.

그런데 이제 와서 랜필드 가문이 재중의 정보를 모으고 있다는 것이다.

그것은 그 당시 동영상에서 뭔가를 찾았다는 뜻이기도 했다.

순간 재중의 눈빛이 차갑게 가라앉았다.

─아직 확실하진 않을 거예요. 하지만 저도 우연히 아이린을 통해서 정보를 얻고 살펴본 뒤에야 알아차렸어요. 랜필드 가문이 저조차도 바로 알지 못할 정도로 은밀하게 마스터에 대해서 알아보고 있다는 것을 생각하면…….

테라가 말꼬리를 살짝 흐리자,

"내가 데이빗 랜필드를 죽였다는 증거는 없지만 심증은 나름 가지고 있다는 뜻이군."

재중이 나직하게 말하자 테라가 조용히 고개를 끄덕였다.

"후후훗, 재미있군그래. 그 동영상에서 내가 죽였다는 증거를 찾아낼 만큼 대단한 장비가 있다는 걸까? 아니면 그냥

데이빗이 죽을 때 내가 가까이 있기에 무작정 나를 지목한 걸까?'

재중은 사실 동영상을 보고 자신을 데이빗 랜필드 살해자로 지목하기는 거의 불가능하다고 생각했다.

그 당시 이미 죽어버린 데이빗 랜필드의 몸을 테라가 직접 움직여서 모두가 보는 앞에서 바다로 뛰어들었으니 말이다.

하지만 100% 완전히 안심하지 않은 것도 사실이다.

인간은 언제든지 불가능한 것을 가능하게 만들 수 있다는 것을 누구보다 자신이 잘 알고 있으니 말이다.

자신도 불가능하다던 드래곤의 피를 받아들여 각성까지 해 현재에 이르렀다.

그까짓 동영상에서 이상한 점을 찾는 정도야 말해 무엇 하랴.

재중 자신이 겪어야 했던 일보다는 쉬었을 것이다.

"그런데 랜필드 가문에서 나에 대한 정보를 삼합회에서 얻었다는 것은……?"

―네, 랜필드 가문뿐만이 아니라 유대인 대부분이 아마 삼합회와 연결되어 있다는 뜻이에요, 마스터.

씨익~

재중은 테라의 말에 조용히 입가에 미소를 지었다.

그리고 그저 작은 인연으로 생각한 아이린에 대한 재중의 생각이 살짝 바뀌었다.

"테라."

—네, 마스터.

"아이린에게 새도우를 주도록 해."

—네? 아이린에게요?

"현재 난 적에 대한 정보를 얻을 만큼의 조직도 능력도 없는 상황이지. 하지만 조금 전처럼 아이린이 계속 있어준다면 나에게 도움이 될 테니 말이야."

—아, 하긴 아이린이 살아 있는 동안은 삼합회를 통한 정보는 모두 저에게 들어오겠군요. 그럼 시우바 회장에게 준 것과 비슷한 등급으로 할까요?

"음, 돈과 정보는 그 가치가 다른 법이지. 안 그래?"

씨익~

재중이 살짝 돌려서 말하긴 했지만 테라는 바로 알아듣고는 고개를 끄덕였다.

—그럼 시우바 회장에게 준 것보다 한 단계 높은 개(改) 새도우를 주도록 하겠습니다, 마스터.

재중의 생각은 간단했다.

돈이란 그 가치가 정해져 있는 법이다.

1달러가 다른 상황이 되었다고 10달러가 되는 것은 아니니 말이다.

하지만 정보는 그 상황과 정보를 받는 사람에 따라 그 가치가 달라진다.

이용하기에 따라 같은 정보가 휴지조각보다 못할 수도 있지만, 반면 목숨을 걸 만큼 중요한 것이 될 수도 있었다.

그리고 시우바 회장과 아이린의 차별이 바로 이런 것에서 나눠져 버렸다.

돈과 정보라는 가치에서 말이다.

새도우는 모두 세 가지 단계의 성능을 가졌다.

그중에서 가장 낮은 것이 바로 시우바 회장에게 준 일반 새도우다.

하지만 가장 낮은 일반 새도우라고 해도 총알이 비처럼 쏟아지지 않는 이상 거의 100% 막아줄 만큼 든든한 방패나 마찬가지였다.

그리고 지금 아이린에게 주기로 한 개(改) 새도우는 일반 새도우의 기능을 모두 가지고 있으면서 새도우 스스로가 판단해서 보호자를 완전히 감싸 보호하는 기능이 추가로 되어 있다.

마지막으로 세 번째 가장 최상위 등급인 진(眞) 새도우는 일반 새도우의 능력, 그리고 개 새도우의 능력에 마지막으로 정말 최악의 경우 새도우 스스로가 판단해서 보호자를 어둠 속의 공간으로 끌어들여 보호하는 것이 가능했다.

사실상 진 새도우가 어둠의 공간 속으로 보호자를 보호하기 위해서 숨어버리면 거의 찾는 것이 불가능했다.

그만큼 완벽하게 사용자를 보호할 수 있는 능력이었다.

당연히 진 새도우는 지금도 연아의 그림자에 숨어 있는 중이다.

오로지 재중이 연아에게 가기 위한 시간을 벌기 위해서 진 새도우만큼 최상의 가디언이 없으니 말이다.

츠츠츠츠츳!

"……?"

테라와 이야기하던 중간, 갑작스레 마법진에서 빛이 나자 재중이 시선을 돌렸다.

재중의 시선이 닿은 곳은 분명히 조금 전까지 죽은 김 군과 똑같이 만들어진 진흙 인형이 서 있던 자리였다.

하지만 지금 재중의 시선에 보이는 것은 마치 살아 있는 인간과 다를 바 없는 모습이 아닌가?

―거의 끝나가요, 마스터.

"…이게 완벽한 영혼소환술인가?"

재중은 베르벤에게 들은 것과 너무나 다른 느낌에 조금은 감탄했다.

본래 죽은 자를 불러내는 마법은 흑마법이다.

즉 자연의 마나를 비틀어 사용하는 마법보다 더욱 어둡고 그 누구도 허락하지 않은 마법인 것이다.

하지만 지금 재중이 느끼고 있는 영혼소환술은 마치 신성력을 보는 것 같은 느낌이다.

"드래곤과 인간의 차이가 이 정도일 줄이야."

만약 지금 이 자리에서 인간이 영혼소환술을 사용했을 경우, 죽음의 향기와 함께 사기(死氣)가 진득한 죽음의 기운이 가득했을 것이다.

다른 건 신의 묵인을 받는다는 드래곤의 피를 한 방울 떨어뜨려 인증한 것뿐이었다.

그런데 자연의 마나가 진흙으로 만들어진 인형에 영혼을 집어넣고 거기다 생명까지 집어넣고 있는 것을 보면 정말 이 말이 저절로 나올 수밖에 없었다.

"드래곤은 정말 사기군."

너무나 급이 다른 능력과 혜택이다.

정말 '이건 사기야, 사기!' 라는 말이 저절로 나올 수밖에 없었다.

신이 금지했다는 것과 허락했다는 것의 차이가 이렇게 클 줄이야.

설마 인형이지만 죽은 자의 영혼에 새로운 육체를 부여하는 것까지 이렇게 순조롭다는 것은 너무했으니 말이다.

─후후훗, 중간계 최강의 존재라는 말이 그냥 나온 게 아니에요, 마스터.

"하긴 대륙에서도 인간이 드래곤을 상대로 이겼다는 말은 들어본 적이 없으니까."

Chapter 08
두 번째 새도우의 주인

재중귀환록

드래곤 슬레이어, 참 좋은 말이다.

검을 든 사람들에게는 마치 동경의 대상과도 같은 말이다.

하지만 재중이 대륙에서 지내며 본 현실은 완전히 달랐다.

소드 마스터, 그랜드 마스터, 인간의 기준에서는 검으로 인해 초인이 된 자들을 일컫는 단어이다.

하지만 그런 초인들조차 드래고니안에게는 그저 지나가는 나무일 뿐이다.

검을 들고 베어버리면 되는 나무 말이다.

그런데 그런 인간이 드래곤을 죽이는 드래곤 슬레이어가 되는다는 것은 터무니없는 상상 속의 이야기이다.

지금 재중 자신도 솔직히 자신의 힘이 어느 정도나 되는지 짐작조차 하지 못하고 있는데 본래의 드래곤은 어떻겠는가?

마법에 강인한 육체, 거기다 신의 축복을 받은 존재는 거의 반은 신이나 마찬가지인 것이다.

결국 재중 자신도 그 급에 해당되어 버렸지만 말이다.

스샤샤샤샤악! 츠팟!

마법진의 빛이 최고조에 달했을 때, 갑작스런 빛의 폭발과 함께 눈부심이 잠시 재중의 시야를 가렸다.

물론 그것은 정말 찰나의 순간이었다.

그리고 마법진이 사라진 곳에는 이제는 흙으로 돌아가 버린 김 군의 흔적과 반대로 진흙에서 살아 숨 쉬는 인간으로 변해 버린 김 군만 있을 뿐이다.

─실제 김 군의 영혼을 넣었으니 기억은 완벽하겠죠, 마스터?

"그렇긴 하네."

지금 재중에게 필요한 가장 완벽한 조건을 가진 김 군이 새롭게 만들어진 것이다.

다만 이것도 완벽하지는 못했다.

—단, 이 김 군의 기한은 5년이에요.

"5년?"

—네, 죽은 자의 영혼을 불러내 인형에 씌워서 잠시 동안 살아 있는 사람처럼 만들 수 있는 것도 드래곤의 피를 사용해서 그나마 5년이에요, 마스터.

"하긴 죽은 자를 되살리는 것을 신이 끝까지 묵인할 리는 없으니까 말이야."

—네. 그리고 제약이 또 있어요.

"……?"

—이 김 군이 다른 사람을 실수든 사고든 죽이게 되면 그 즉시 흙으로 돌아가거든요.

"훗, 뭐 그건 스스로 알아서 해야겠지."

재중의 역할은 여기까지였다.

아라의 납치 건을 들은 뒤부터 재중은 여태 SY미디어의 오너로서 자신의 식구를 보호해야 하는 의무 때문에 움직여 왔다.

하지만 재중이 할 수 있는 최대한의 호의도 딱 여기까지였다.

지금 흙으로 만들어낸 김 군은 본래의 생활로 돌아가되 아마 곧 스스로 회사를 나와서 아무도 모르는 곳에서 흙으로 되돌아갈 것이다.

테라가 그렇게 만들었을 테니 말이다.

일단 김 군의 문제가 해결되자 아라의 기억을 고치는 것은 죽은 김 군을 대신할 인형을 만드는 것에 비하면 정말 애들 장난 같은 수준에 불과했다.

슬립 마법으로 잠들어 있는 그녀의 기억을 흐릿하게 만들고 재중이 말한 것처럼 차가 고장 나서 수리하는 와중에 잠들어 버렸다는 가짜 이미지를 각인시켜 버리면 끝이었으니 말이다.

물론 아라가 SY미디어로 돌아갔을 때는 야단을 좀 맞을 것이다.

하지만 매니저인 김 군에 비하면 아무것도 아니었다.

당장 잘라 버린다는 것을 재중이 겨우 나서서 한 번은 봐주라고 해서 그나마 바로 잘리지 않았으니 말이다.

하지만 이번 일로 이태형 이사에게 크게 찍힌 김 군은 1년도 채우지 못하고 자기 발로 나가 버렸다.

그리고 조용히 사라져 버렸다.

완벽하게 말이다.

*   *   *

"이건 뭐죠?"

갑작스레 테라의 방문을 받은 아이린은 당황하면서도 황당해했다.

그녀가 서 있는 이곳은 삼합회에서도 모르고 있을 만큼 비밀리에 만들어진 장소였다.

바로 아이린이 인터폴과의 연락을 위해서만 찾는 곳이다.

그런데 몇 달 만에 보고하기 위해 은신처를 찾아온 아이린의 눈에 테라가 편안하게 앉아 있는 장면이 보인 것이다.

당황하고 황당해하는 표정이 얼굴에 한꺼번에 그려지는 것은 당연했다.

─마스터의 명령으로 당신을 찾아왔어요.

"마스터? 재중 씨의 명령인가요?"

이미 테라와 몇 번 접촉한 아이린이다.

그리고 테라에게 받은 몇 가지 아티팩트로 인해 지금까지 살아 있기도 했다.

비밀 아지트인 이곳을 테라에게 들키긴 했지만 너무나 갑작스러운 일이라 놀랐을 뿐 크게 문제가 되는 것은 아니었다.

어차피 아이린이 알기로 테라는 마음만 먹는다면 자신이

어디에 있더라도 찾아낼 수 있는 특이한 능력을 가지고 있었다.

─이거 받아요.

"응?"

매번 찾아올 때마다 정보와 함께 장신구 모양을 한 특이한 것을 주던 테라였다.

이번에는 테라가 시커먼 달걀 모양을 한 것을 내밀자 순간 아이린이 머뭇거렸다.

─후후훗, 왜요? 무섭나요?

머뭇거리는 아이린을 보고 테라가 슬쩍 그녀의 심기를 건드렸다.

"그건 아니에요. 하지만 한눈에 보기에도 너무 수상쩍은 물건을 선뜻 받을 만큼 우리가 친밀한 관계는 아니지 않나요?"

테라와 아이린은 관계는 딱 정보를 위한 비즈니스 관계 그 이상도 이하도 아니었다.

그러니 아이린의 말이 틀린 것은 아니다.

재중이 아이린에 대한 생각을 바꾸기 전까지는 말이다.

─지금까지는 그랬죠. 하지만 마스터께서 아이린 양이 필요하다고 제게 허락을 내리셨어요. 그리고 이건 마스터와 아이린 양의 관계를 더욱 돈독하게 만들어줄 물건이구요.

"……."

아이린은 테라의 말에 눈동자가 심하게 흔들리고 있었다.

그녀도 재중을 직접 만났기에 알고 있다.

그가 무시무시한 무력과 함께 자신이 상상조차 할 수 없는 능력을 가지고 있다는 것을 말이다.

하지만 그렇기에 아이린은 재중을 경계하기도 했다.

아이린 자신이 도저히 어떻게 해볼 수 없는 경지의 너머에 있는 재중이었다.

본능적으로 두려움을 가지게 된 것이다.

─받고 받지 않고는 아이린 당신의 마음이에요. 하지만 이걸 거절한다는 것은 마스터의 선택을 거부하는 것이기에 아마 더 이상 저를 만날 일은 없을 거예요.

"……."

한마디로 이걸 받으면 계속 테라의 도움을 받을 수 있고, 이걸 거절하면 이걸로 끝이라는 말이다.

사실 그동안 테라가 준 아티팩트로 인해 아이린은 무려 세 번이나 목숨을 건진 경험이 있다.

즉 테라가 아니라면 진작 삼합회 내에서 죽었을 몸이라는 뜻이다.

"어차피 진작 죽었겠지."

테라 덕분에 아직까지 살아 있고, 삼합회에서 나름 고급 정보를 취급할 수 있는 위치에 올랐다.

이제는 기호지세였다.

호랑이 등에 한번 올라타면 그게 죽음으로 가는 길이든 살아나는 길이든 무조건 붙들고 있어야만 하는 것이다.

"좋아요."

덥석!

아이린은 테라가 내민 검은 달걀같이 생긴 알을 집어 들었다.

"······!"

그런데 테라의 손에서 검은 달걀을 집어 든 순간 따뜻하다는 느낌이 든다.

"따뜻해. 설마 이거 살아 있는 건가요?"

―네. 아직은 알일 뿐이죠. 하지만······.

말을 하던 테라가 손가락을 펼치면서 빠르게 몇 번 중얼거리자,

불쑥불쑥!!

갑자기 아이린의 손에 있던 알이 움직이기 시작했다.

그것도 마치 금방이라도 알을 깨고 밖으로 튀어나올 것처럼 요란하게 말이다.

"이, 이거 뭐예요?!"

순간 당황한 아이린이 검은 알을 손에서 놓으려고 하자
테라가 소리쳤다.

―그걸 놓치면 당신이 죽어요!

멈칫!

정말 찰나의 타이밍에 아이린은 본능적으로 발버둥 치는
알을 가까스로 움켜잡을 수가 있었다.

"이, 이건… 도대체 뭐예요?"

하지만 손 안에서 꿈틀거리는 검은 알이 꺼림칙한 것은
어쩔 수가 없었다.

―그 아이가 태어나면 당신을 지켜줄 거예요. 거의 모든
위험으로부터 말이죠.

"아이? 태어나? 그게 무슨? 헉!"

아이린은 테라의 말을 듣고 도무지 이해가 가지 않는다
는 듯 얼굴을 찌푸렸다.

그리고 다음 순간, 아이린은 자신의 손에서 발버둥 치던
검은 알이 부서지는 것을 볼 수가 있었다.

푸아악!!

아이린은 부서진 알에서 시커먼 어둠이 뿜어져 나오는
것도 보았다.

마치 밤하늘의 어둠보다 더욱 진한 칠흑 같은 어둠이
다.

솨아아아아아악!!

조그마한 검은 알에서 터져 나왔다고는 생각할 수도 없을 만큼 엄청난 양의 어둠이 순식간에 아이린을 뒤덮어 버렸다.

그대로 아이린은 어둠 속에 완전히 묻혀 버렸다.

그런데 잠시 뒤, 아이린을 뒤덮었던 어둠이 천천히 사라지기 시작했다.

아니, 무언가에 이끌리듯 스스로 이동하고 있다.

스르륵스르륵.

그리고 완전히 아이린의 몸에서 어둠이 사라졌을 때, 반대로 아이린의 그림자는 평소보다 더욱 진한 어둠을 가지게 되었다.

"이건 도대체……?"

아이린은 태어나서 여태까지 지금처럼 무서우면서도 놀라운 경험을 해본 적이 없었다.

놀라운 경험을 하게 된 아이린이 멍한 눈으로 테라를 쳐다보았다.

─축하해요. 아이가 당신을 받아들였으니까요.

"네? 그게 무슨……? 아이라니? 설명을 해주세요!"

아이린은 지금 자신에게 일어난 일이 도무지 이해가 가

지 않았다.

아이린이 혼란을 감추지 못하고 설명을 해달라고 소리쳤다.

하지만 테라는 설명 대신 단검 하나를 꺼냈다.

―설명보다는 직접 확인하는 게 더욱 확실하겠죠?

휙!

"헉!!"

테라는 조금의 망설임도 없이 단검을 던져 버렸다.

그것도 아이린의 심장을 향해서 말이다.

아이린은 테라가 자신에게 단검을 던지리라고는 전혀 예상하지 못했다.

순간적으로 당황하면서 팔다리가 움직였지만, 어수선한 움직임으로 대응하기에는 테라가 던진 단검이 마치 활에서 튕겨 나온 화살처럼 너무나 빨랐다.

아이린은 그저 멍하니 단검이 자신의 심장에 박히는 모습을 지켜봐야만 하는 처지에 놓여 버린 것이다.

팅!!

"……!!"

단검은 정확하게 아이린 자신의 심장을 향해 날아왔다.

하지만 단검이 아이린의 가슴 가까이 다가왔을 때 놀라운 일이 벌어졌다.

아이린의 그림자가 튀어나오더니 단검을 튕겨내 버렸다.

그리고 다시 아이린이 안전해지자 그림자는 사라져 버렸다.

"이, 이건 도대체 뭐예요?"

황당했다.

세상에, 그림자가 단검을 튕겨내다니.

그것도 테라가 던진 단검은 사람이 반응할 수도 없을 만큼 빨랐다.

더구나 그 빠름 이상으로, 너무나 가까운 거리에서 던져진 단검이었다.

그래서 많은 사선을 넘어온 아이린이지만 제대로 반응하지 못한 것이다.

하지만 아이린의 그림자는 너무나 여유롭게 단검을 튕겨내고 다시 사라져 버렸다.

그리고 그 장면이 아이린에겐 마치 화면을 느리게 재생하는 것처럼 천천히, 하지만 너무나 선명하게 기억에 남아 있다.

─제가 말했잖아요. 당신을 지켜줄 최고의 방패를 선물한다고요.

"이, 이게 방패라는 거예요?"

─네.

"헐! 말도 안 돼. 이건……."

상식을 넘어서도 이건 한참을 넘어섰다.

그런데 이게 끝이 아니었다.

―그건 핵탄두만 아니라면 아이린을 끝까지 지켜줄 거예요. 설사 그 아이가 소멸하는 한이 있더라도 말이죠.

"……."

총알도 아니고 핵탄두라는 말에 아이린은 잠시 멍해져 버렸다.

핵탄두라고 한다.

사실 세계대전이 벌어지지 않는 이상 이 중국 땅에, 아니, 삼합회 내부에 핵탄두가 터질 일이 과연 있을까?

생각해 봤지만 그런 가능성의 거의 0%에 가까웠다.

사실상 아이린은 죽을 가능성이 없는 것이나 마찬가지였다.

"설마 방금 그게 총알도 다 막아준다는 말은 아니겠죠?"

아이린이 시우바 회장과 비슷한 말을 하자 테라가 재빨리 탁자 위에 있는 권총을 집어 들더니,

탕탕탕탕탕탕탕탕!!

빠르고 정확하게 수십 발이나 되는 총알을 아이린의 머리부터 발끝까지 쏴버렸다.

쉬이이익!

하지만 아이린의 눈앞으로 발사된 총알의 숫자만큼 그림자가 뻗어 나와 정확하게 총알만 막아버리고 사라졌다.

그 모습을 지켜본 아이린의 멍하던 눈동자에 천천히 생기가 가득 차오르기 시작했다.

당연히 입가에는 미소가 한없이 크게 그려지고 있다.

"정말 대단한 선물을 받았군요."

대단? 아니, 그 정도로는 부족했다.

이건 아이린에게는 최고의 선물이었다.

방금 그림자는 겨우 2미터 거리에서 쏜 권총의 총알을 다 막아버렸다.

즉 그 말은 자신이 죽을 가능성은 없다는 것과 같았다.

그리고 삼합회에서 죽지 않는다는 것은 더욱 높고 깊은 곳에 접근할 수 있다는 뜻이기도 했다.

─마스터에게 전할게요. 그리고…….

"알아요. 정보를 원하는 거죠? 더욱 고급 정보를 말이죠."

─네. 역시 아이린 씨는 이야기가 잘 통한다니까요.

"후후훗, 저도 마찬가지예요."

그렇게 아이린과 테라는 잠시 동안 입가에 미소를 그린 채 서로를 마주 보면서 이야기를 나누었다.

잠시 뒤, 이야기를 마친 둘은 조용히 아지트에서 사라져
버렸다.

　테라는 재중의 곁으로, 아이린은 다시 삼합회의 소굴로
말이다.

Chapter 09
축제

"야!! 이겨야 해! 무조건!!"

　　"이번에 우리 과가 지면 꼴찌다!! 무조건 버텨!!"

　　S대는 지금 한창 축제 중이었다.

　　체육대회는 재중도 뜻하지 않게 2차 각성으로 인해 빠졌
지만, 축제만큼은 도무지 빠질 핑계가 없었다.

　　지금 재중은 축제가 한창인 S대 중앙에 강제로 끌려와 앉
아 있었다.

　　"재중 씨, 신 나지 않아요?"

　　"뭐……."

재중은 딱히 축제 분위기를 거스르고 싶은 생각은 없었다.

그래서 한껏 웃으면서 신 나 있는 천서영의 말에 대충 대답은 했지만 여전히 표정은 무덤덤했다.

그런데 주의해야 할 게 천서영은 다른 과 학생이다.

하지만 S대 그 누구도 천서영이 재중의 옆에 앉아 있는 것을 이상하게 보지 않았다.

이미 S대에서는 천서영과 재중에 대해 알 만한 사람은 다 알고 있었으니 어쩌면 당연했다.

오히려 축제 때 재중의 과대표가 직접 천서영을 찾아가서 재중의 옆에 있어달라고 부탁했을 정도였다.

그런 상황이니 거기에 더 이상 무슨 말이 필요하겠는가?

하지만 과연 과대표가 재중을 위해서 천서영을 불렀을까? 그건 아니었다.

지금 이 모습을 보면 말이다.

"이번에는 나다!"

재중 앞에 나타난 덩치 큰 운동부 소속의 남학생 하나가 재중에게 자신있게 손을 내밀었다.

그리고는 천서영을 보면서,

"서영 선배, 정말 선우재중을 팔씨름으로 이기면 저와 데이트해 주시는 겁니까?"

"네."

천서영은 너무나 해맑게 웃으면서 대답했다.

우람한 근육의 남학생은 그 말에 용기백배하여 자신감이 맥스로 올라가 버렸는지,

쿵!!

강하게 콧바람을 불고는 재중의 손을 맞잡았다.

"후후훗, 이거 너무 쉽겠군그래."

남학생은 지금 너무나 자신감에 가득 차 있는 상태였다.

그도 그럴 것이, 그는 레슬링부 소속으로 차기 올림픽 금메달 후보에 올라 있었다.

확실히 힘 하나는 자타가 공인하는 인물이다.

하지만,

"시작."

쾅!!

"꺼억!!"

재중과 손을 잡고 천서영이 '시작!' 하는 순간 남학생의 손등이 책상 바닥에 닿아버렸다.

"마, 말도 안 돼! 내가 지다니! 내가!"

너무나 황당한 상황에 남학생이 다시 손을 내밀어 도전했지만,

쾅!!

결과는 다를 게 없었다.

남학생은 결국 다섯 번째 도전에서 어깨가 탈골되고 나서야 물러섰다.

확실히 운동부의 끈기는 대단했다.

그런데 지금 그걸 보고서도 끊임없이 도전자가 줄을 잇고 있었다.

재중으로서는 답답할 뿐이었다.

재중은 일부러 힘의 차이가 압도적이라는 것을 보여주기 위해서 시작과 동시에 빠르게 팔씨름을 이겨 버렸다.

하지만 아이러니하게도 너무나도 쉽게 이겨 버리는 바람에 뒤에 줄 서 있는 사람들에게는 상대가 너무나 약하게만 보이는 역효과를 가져왔다.

즉 그 말은 자신은 충분히 재중을 이길 수 있다는 자신감을 불어넣어 주고 있다는 것이다.

한마디로 재중은 의도와는 완전히 반대의 결과를 만들어 내고 있었다.

물론 S대 최고의 미녀라고 누구라도 대답하는 천서영과의 하루 데이트권이 이 수많은 좀비를 양성하게 된 원인이기도 했다.

"후후훗, 재중 씨가 질 리가 없으니까요. 후후훗."

천서영은 재중이 기공술로 인간이 범접할 수 없는 힘을

가지고 있다는 것을 잘 알고 있었다.

그래서 과대표가 제안한 재중을 상대로 팔씨름을 이기면 승자와 하루 데이트를 해줘야 한다는 조건을 받아들였다.

그리고 그런 천서영의 생각은 정확하게 맞아들어 가고 있는 중이다.

"재중이 형, 이 정도였어요?"

사실 과대표도 재중이 이 정도로 강할 줄은 예상하지 못했다.

겉으로는 호리호리해 보이고 그저 살짝 마른 체형을 가진 재중이니 말이다.

사실 재중이 있는 영문과에서도 축제 때 뭔가를 해야 하는데 모두 책만 파고 살던 책벌레들이다 보니 축제를 어떻게 즐겨야 할지, 어떤 식으로 치러야 하는지 전혀 아는 것이 없었다.

하지만 다른 과에서는 연극에 장사까지 한다고 벌써 준비가 한창이니 고민이 이만저만이 아니었다.

그런데 그때 과에서 팔씨름대회를 하는 게 어떠냐는 의견이 나왔다.

물론 다들 처음에만 '아하!' 하고 곧 '에이!' 하면서 실망해 버리긴 했지만 말이다.

사실 축제는 사람들의 시선을 끌어야 하고 재미가 있어

야 한다.

축제에서 가장 인기가 많은 과의 경우 그 과에 포상과 함께 학점에도 약간의 이득이 있었다.

그래서 모든 학과가 눈에 불을 켜고 축제를 준비했다.

그런데 그런 상황에 팔씨름은 확실히 이슈거리는 되겠지만 다른 것보다 누가 팔씨름을 하느냐가 중요했다.

참가자가 누구냐에 따라서 축제의 성공 여부가 갈리는 단점이 있었던 것이다.

"재중이 형을 1번 타자로 내세우면 어때? 혹시 알아? 재중이 형이 지면 천서영 선배가 승자와 하루 데이트라도 해줄지. 크크큭."

그때 평소 재중에게 그다지 좋은 감정이 없던 녀석이 장난 삼아 한 말이 여기까지 오게 되었다.

과대표가 밑져야 본전이라는 생각에 천서영에게 팔씨름에 대해서 이야기했는데, 의외로 천서영이 단번에 오케이 해 버린 것이다.

그래서 처음에는 정말 장난삼아 했던 말이 현실이 되어 버렸다.

물론 재중은 그 모든 과정을 전혀 모르고 있었지만 말이다.

모든 건 재중이 2차 각성으로 잠들어 있는 동안에 벌어진 일이었다.

천서영이 말하려고 했는데 어쩌다 보니 말할 기회를 놓친 것이다.

사실 과대표는 재중이 잘 버텨야 두세 명이라고 생각했었다.

그래서 2번 타자로는 자신이 나서려고 며칠 동안 특훈 아닌 특훈도 했다.

그런데 막상 축제 당일이 되어보니 자신이 한 특훈은 그저 그런 운동을 한 것이었다.

"와!! 벌써 서른 명째야!!"

"미쳤다! 어떻게 저게 가능하지?"

"저건 인간 아니다! 인간이 아니야!"

처음부터 재중은 시작 신호와 함께 1초 만에 모두 이겨버렸다.

그런데 그것이 벌써 서른 명을 넘어선 것이다.

물론 서른 명을 이긴 건 대단하긴 했지만, 만약 일반적인 학생들을 상대로 이겼다면 이 정도로 엄청난 반응이 나올 수가 없었다.

지금 S대에 있는 모든 운동부가 전원 재중과 팔씨름을 하기 위해 줄을 서 있다고 해도 과언이 아니었다.

현재 재중이 팔씨름을 하고 있는 상대는 모두 전국에서 내로라하는 운동부 학생이었던 것이다.

레슬링, 유도, 테니스부터 옆 학교의 역도부까지 원정을 와서 재중을 한번 이겨보겠다고 줄서는 수고를 마다하지 않고 있는 중이다.

상황이 이렇다 보니 막연히 기대했던 축제 최고의 과가 되는 것도 그리 어렵지 않을 거라는 생각이 든 과대표였다.

어느새 그의 입가에 미소가 걸리기 시작했다.

"쉰 명이야!! 미쳤다! 무조건 1초야, 1초!"

"어머, 재중 오빠! 저 정도였어?"

재중과 학생들은 거의 거의 삼촌뻘로 차이가 났다.

그래서 재중의 나이를 아는 학생들은 고학년이더라도 오빠, 아니면 형으로 부르는 게 거의 일반적이었다.

"와, 저건 진심 존경스럽다."

"어머, 힘이 정말 장난 아닌가 봐, 재중 오빠."

여학생들은 저런 호리호리한 몸 어디에서 괴물 같은 힘이 나오는지 신기함을 넘어 감탄하기 바빴고, 남학생들은 질렸다는 표정이다.

어느 정도여야 한번 상대해 보겠다는 생각이라도 할 텐데 벌써 운동부 녀석들만 쉰 명이 넘게 이기고 있는 중이다.

그중에서 스무 명 정도는 끝까지 재중에게 덤벼들다가 어깨 탈골로 병원으로 향했다.

나름 어릴 때부터 체계적으로 운동을 한 운동부 녀석이 끝까지 덤벼들었다.

하지만 결과는,

"또 1초야!"

"진심… 괴물이다, 괴물!"

"저 정도면 1초의 사나이라고 해도 틀린 말이 아니겠는데?"

"그러게. 1초의 사나이. 저걸 본 사람은 모두 인정할 수밖에 없겠다."

뜻하지 않게 재중은 그날 S대 명물 중의 명물이 되어버렸다.

1초의 사나이라는 별명과 함께 말이다.

그리고 그날 재중은 S대 운동부 전원과 다른 학교에서 원정 온 운동부 이백 명까지 모두 1초 만에 이겨 버리는 괴물 같은 기록을 세워 버렸다.

아마 앞으로 영원히 S대의 전설로 남을 것이다.

거기다 이걸 방송부에서 모두 녹화해서 기록해 놓았으니 그저 사람들의 입으로 전해지는 소문이 아니라 확인 가능한 전설이 되어버린 것이다.

물론 S대의 방송부에서는 국보급으로 대대로 보관하게 된다는 후일담이 전해지긴 했다.

"여긴 어쩐 일이야?"

재중이 팔씨름을 모두 끝내자 과에서 뒤처리는 모두 자신들이 하겠다고 나섰다.

그 바람에 재중은 한적한 벤치에 앉아서 느긋하게 쉬고 있었다.

레오나르도 실바가 오기 전까지는 말이다.

"후후훗, 1초의 사나이, 대단한데?"

살짝 장난 섞인 실바의 말에 재중은 피식 웃어버렸다.

"놀랐는걸. 설마 축구만 괴물인 줄 알았는데 팔씨름도 괴물이었다니 말이야."

실바는 조금 늦게 S대에 도착해서 재중이 팔씨름 대결하는 장면을 가만히 지켜보았다.

그리고 시간이 지날수록 실바도 다른 학생들과 마찬가지로 놀라움을 넘어 경악할 만한 재중의 능력에 고개를 젓고 말았다.

거기다 지금 가까이서 보니 재중은 조금의 피곤함은 물론 땀 한 방울도 흘리지 않은 상태가 아닌가.

"감독과 같이 있는 거 아니었어?"

실바는 공식적으로는 루이스 펠라리네 감독을 보좌하며 레알 마드리드 광고도 할 겸 얼굴마담으로 같이 온 상태였다.

당연히 그런 상태에서 지금처럼 빠져나와 재중을 찾아온다는 것은 무리라고 생각했던 재중이었다.

그래서 재중은 실바가 찾아온 것이 조금은 의외이다.

혹시나 해서 주변에 감각을 퍼뜨려 살폈지만 기자가 따라온 것도 아니었다.

그것을 보면 정말 혼자 온 것이 확실했다.

더더욱 의아해하는 재중이다.

"후후훗, 감독님이 너 만나서 어떻게든 설득해 보라고 몰래 보내주셨으니 당연한 거 아니겠어?"

실바는 솔직하게 재중을 설득하러 왔다고 말했지만 재중은 피식 웃어버렸다.

그의 눈동자에 이미 재중을 설득하는 것은 포기한 것이 선명하게 보였으니 말이다.

실바는 그저 재중이 마음에 들어서 기꺼이 찾아온 것이었다.

호의는 호의로, 적의는 적의로 되돌려 주는 것이 재중의 성격인 것을 보면 실바는 나름 재중에게 호감을 갖게 한 것엔 성공한 것이다.

"역시나 불가능하구만."

씨익~

실바는 아주 조금의 미련도 방금 재중의 미소를 보고 완전히 떨쳐 버렸다.

"넌 모르겠지만 우리 꼰대, 정말 지독하게 질긴 성격이
야. 아마 한국의 언론을 이용해서라도 널 천산FC에 넣어서
친선 경기를 하려고 발악할 거다, 아마."

재중은 진심으로 걱정해서 해주는 실바의 말에 피식 웃
으며 말했다.

"그럼 친선 경기에 나가면 되는 거지?"

"응?"

정말 아무 생각 없이 한 말에 재중이 뜻밖의 대답을 하자
실바가 화들짝 놀라며 재중을 쳐다보았다.

"뭐야? 그렇게 설득할 때는 요지부동이더니!"

실바는 마치 자신이 재중의 장난에 휘둘린 듯한 기분이
살짝 들어서 눈살을 찌푸렸다.

"언론까지 시끄럽게 움직일 정도면 결국 나를 잡고 흔들
겠다는 건데, 어차피 친선 경기 하고 나면 스페인으로 떠날
거지?"

"응? 그야 우리도 다음 시즌을 준비해야 하니 당연히 가
야지. 사실 이번 친선 경기도 감독님이 거의 억지로 밀어붙
여서 성공시킨 거라 다음 시즌에서 우승 못하면 위에서 난
리가 날 거야, 아마."

실바의 푸념 같은 말에 재중은 피식 웃으면서 말했다.

"왠지 그럴 것 같아서 하는 말이야. 난 축구선수로는 뛸 생각이 없고 그건 앞으로도 변함없을 거야. 하지만 그렇게 열정적으로 사람을 괴롭힌다면 적당한 선에서 타협은 할 수 있어. 나도 그렇게 꽉 막힌 사람은 아니거든."

재중은 적당한 선에서의 타협이라고 했지만 그 말을 들은 실바는 속내가 뻔히 들여다보이는 재중의 말에 피식 웃었다.

"크크크큭, 그게 타협이냐, 감독님이 계속 집요하게 괴롭히실 것 같으니까 먼저 선수 치는 거지."

"그걸 보고 타협이라고 하는 거지. 안 그래?"

"하긴, 크크크크큭. 난 이 기쁜 소식을 우선 감독님에게 전해야겠다. 아마 지금쯤이면 한국축구협회장과 만나서 뭔가 계획을 꾸미고 있을지도 모르니까 말이야."

씨익~

사실 축구협회가 아니라 FIFA에서 나서도 재중은 꿈쩍도 하지 않을 것이다.

이미 재중의 경지는 누군가에게 휘둘릴 만큼 약하지 않았다.

그리고 정말 귀찮다면 모두의 기억을 흐트러뜨리는 최후의 수단을 써버릴 수도 있다.

그런데 잠시 뒤, 전화를 하고 온 실바가 놀란 표정이었다.

"이야, 너 정말 타이밍 끝내준다. 방금 전화하니까 감독님이 한국축구협회장 만나려고 준비 중이라고 하는데 무섭더라."

실바는 그저 농담 삼아 한 말이었지만 루이스 펠라리네 감독은 달랐다.

그는 정말 재중을 축구장에 세울 수만 있다면 자신의 모든 것을 동원할 각오로 이번에 한국으로 온 것이 확실해 보였다.

재중도 대충 그런 각오가 보였기에 적당한 선에서 타협을 본 것이다.

저렇게 순수한 열정으로 스토커 짓을 한다면 그것만큼 재중에게도 난감한 일이 없었으니 말이다.

순수한 만큼 잔인하기도 했지만, 그렇기에 재중이 타협을 할 마음이 생긴 것이기도 했다.

―마스터.

'……?'

―아이린에게서 중요한 정보 하나가 들어왔습니다.

'무슨 정보지?'

―랜필드 가문에서 킬러를 보냈다고 합니다.

'킬러?'

―네, 아무래도 그쪽에서는 저희 예상보다 더욱 데이빗 랜

필드를 죽인 범인으로 마스터를 확신하고 있는 것 같아요.

'훗, 그래? 그럼 받아줘야지. 물론 받은 것에 이자를 듬뿍 얹어서 돌려주겠지만 말이야.'

―우선 아이린이 준 정보로는 마스터를 노리고 움직인 킬러가 모두 다섯 팀이라고 합니다.

테라의 정보를 들은 재중은 참 많이도 보냈다고 생각했다.

하지만 이건 반대로 생각하면 랜필드 가문에서 재중의 확실한 죽음을 원한다는 뜻이기도 했다.

'킬러는 모두 파악됐나?'

―그게 삼합회 쪽에서 보낸 킬러 두 팀 외에는 유럽과 북미에서 보낸다는 것이 전부예요, 마스터.

'그럼 기다려야 한다는 건데, 뭐, 기다려 주지.'

―우선 삼합회 쪽에서 보낸 킬러부터 처리할까요?

'처리해.'

자신이 움직일 필요를 느끼지 못한 재중이 간단하게 명령을 내리자,

―네, 마스터.

그걸로 끝이었다.

아마 다음 테라의 연락은 처리했다는 소식일 것이다.

"무슨 생각을 그렇게 해?"

실바는 갑자기 재중이 말없이 멍하니 생각하는 듯한 모습에 기다리다가 심심했는지 재중에게 말을 걸었다.

"아니야, 아무것도. 그보다 감독님한테 가서 말해. 천산FC와의 경기는 뛰어주겠다고. 물론 천산FC 쪽에서 거절하거나 선수들이 반대하면 당연히 없었던 일이 되겠지만 말이야."

"후후후후훗, 그건 걱정하지 마. 아마 감독님이 어떻게든 천산FC를 구워삶을 테니까."

그리고는 자리에서 일어선 실바였다.

"이만 난 목적을 달성했으니 돌아가 봐야겠다. 지금쯤이면 아마 기자들이 내가 없어진 것을 알고 찾으러 다닐 테니 말이야."

당연했다.

레오나르도 실바가 사라졌다는 말은 밖으로 나왔다는 뜻이다.

어떻게든지 찾기만 하면 단독 인터뷰라도 따낼 가능성이 있었다.

그건 곧 특종과도 연결이 되다 보니 지금쯤이면 아마 기자들이 눈에 불을 켜고 실바를 찾아다니고 있을 것이 뻔했다.

거기다 입국 당시 재중의 존재도 들킨 이상 어쩌면 이미 S대를 향해 달려오고 있는 기자도 있을지 몰랐다.

그런데 그렇게 퇴장하려는 실바 앞으로 축구공 하나가 날아오더니 발끝에 멈추었다.

"많이 낡았는데?"

거의 본능적으로 축구공을 본 실바다.

그는 발끝으로 살짝 공을 튕기더니 그대로 자신의 눈높이까지 튕겨 올라온 축구공을 살짝 한발 뒤로 물러났다가 떨어지는 타이밍에 맞춰서 강하게 차버렸다.

뻥!!

휘이이이익!!

철렁!!

거의 하프라인에 근접한 거리인데 실바가 찬 공은 정확하게 필드의 네 명 사이를 부드럽게 곡선으로 꺾어서 골대 안으로 들어가 버렸다.

"바, 방금 그거 뭐냐?"

"…공이 옆으로 휘었어!"

"미친! 이거 UFO 골이잖아."

그냥 생각 없이 축구를 하던 축구부 애들은 다들 방금 공을 찬 선글라스에 가려진 실바를 멍하니 쳐다보고 있다.

그런데 실바의 표정이 갑자기 일그러지더니 한탄처럼 투덜거렸다.

"아, 불붙어 버렸네, 젠장."

축구에 미친, 아니, 축구와 미친 사랑에 빠져버렸다고 해도 틀리지 않는 실바였다.

그는 결국 방금 찬 한 번의 킥으로 인해 불이 붙어버렸다.

그리고 실바는 정열적인 브라질 사람답게 불이 붙었으면 반드시 꺼야만 했다.

그게 설령 지금처럼 자리에서 일어나 가야만 하는 상황이 벌어지더라도 말이다.

씨익~

재중은 그런 실바의 모습에 피식 웃어버렸다.

루이스 펠라리네 감독이 인재를 찾으면 어떻게든지 축구장에 세우지 못해서 안달난 사람이라면, 레오나르도 실바는 축구와 사랑에 빠진 미친 남자였다.

정말이지, 너무나 순수했다.

"어때? 한 게임 할래?"

실바는 한번 붙어버린 불을 끄기 위해서는 지금 축구장에 서 있는 녀석들로는 부족하다는 걸 알았다.

그들로는 자신의 갈증을 해결할 수 없다는 것을 본능적으로 느낀 실바가 재중에게 말했다.

"참 여러 가지로 곤란한 사람들이야. 너나 감독님이나."

결국 그 순수함에 재중도 벤치에서 일어났다.

Chapter 10
두 번째 일대일 대결

재중귀환록

"레오나르도… 실바?"

"헐! 대박!!"

"지, 진짜 레오나르도 실바?"

축제가 거의 끝나고 그동안 축제 때문에 사용하지 못하던 축구장에서 공을 차던 축구부 사람들이었다.

그들은 완전 황당하다 못해 기가 막힌 상황을 맞이했다.

레알 마드리드의 주 스트라이커, 거기다 세계에서 가장 돈을 많이 버는 스포츠 선수.

그것뿐만이 아니다.

축구에 관해서는 그 누구도 따라오지 못할 천재라는 수식어가 붙어 다니는 선수가 바로 지금 자신들 앞에 있는 레오나르도 실바였으니 말이다.

레오나르도 실바를 확인하고 나서야 조금 전 하프라인에서 날아온 UFO 슛이 금방 이해가 되는 축구부였다.

UFO 슛은 이제는 실바의 전매특허나 마찬가지였으니 말이다.

이전 재중에게 자극을 받은 실바는 재중을 따라가기보다 자신의 무기를 더욱 강화하는 것에 집중했다.

그리고 그 결과 프리킥으로만 가능하다는 UFO 슛을 드리블 중에도 쏴버리는 괴물 같은 능력을 가지게 된 것이다.

정확한 타점, 힘, 그리고 컨트롤이 없으면 UFO 슛은 그저 헛발질에 관중석으로 날아가는 뻥 볼에 불과했다.

사실 프리킥에서도 UFO 슛의 성공률은 겨우 30%였다.

그만큼 정말 어려운 슈팅인데, 그걸 드리블을 하면서 뻥뻥 차버리니 당연히 축구계가 난리가 나버렸다.

드리블을 하면서 마구를 차는 괴물 같은 천재가 나타났다고 말이다.

상황이 이렇다 보니 실바를 막아서는 수비수와 골키퍼는 아주 죽을 맛이었다.

'이건 드리블을 하면서 마구를 차는 괴물을 상대해야 한다.

공을 차면 무조건 서서 기다렸다가 공이 휘는지 아니면 휘지 않는지를 보고 움직여야 했으니 말이다.

하지만 아무리 인간이 빨라도 공보다 빠를 수는 없는 법.

실바가 차는 족족 골인이 되는 것은 당연한 순서였다.

그리고 그렇게 시즌을 마무리한 레오나르도 실바가 한국에 왔다고 했다.

축구부는 그 소식을 뉴스에서 들었었다.

그런데 설마 그가 자신들 눈앞에 나타나리라고는 꿈에도 생각지 못했을 것이다.

뭐 재중도 그건 마찬가지지만 말이다.

"그때처럼 일대일 어때?"

브라질 해변에서 했던 일대일을 대결을 다시 원하는 실바의 말에 재중은 피식 웃으면서 축구부원들에게 이야기를 대신 전했다.

"실바가 일대일 대결을 원하는데 잠시 동안만 저와 실바가 사용해도 괜찮을까요?"

"네? 뭐, 그야……."

"쓰세요."

상대가 어느 정도 거물이어야 그들도 고집을 부릴 텐데

이번엔 도저히 그럴 만한 상대가 아니었다.

실바를 상대로 오히려 물러나는 것을 선택한 축구부였다.

"오호, 여기 축구선수들은 축구장을 빌리는데도 참 예의 바르구만. 투쟁심도 없이 말이야."

너무나 순순히 축구장을 빌려주는 모습에 실바가 살짝 비꼬듯 말했다.

그에 재중이 피식 웃어버렸다.

"네가 적당히 했다면 아마 도전했겠지. 안 그래?"

"크크큭, 그건 끝난 다음 내가 재중에게 할 말이지 않아? 난 천재지만 넌 괴물이잖아."

통통통!

실바가 낡은 축구공을 발끝으로 굴리기 시작하더니 재중이 가까이 오자 느닷없이 슛을 쏴버렸다.

뻥!!

휘리리릭!!

철렁!!

그것도 거의 반구 형태로 완전히 휘어서 들어가는 UFO 슛을 말이다.

"미친!! 이건 말도 안 돼!"

"어떻게 드리블을 하면서 UFO 슛을 날릴 수 있는 거야?"

"야, 어서 찍어! 뭐든지 좋아! 동영상을 찍으란 말이야!!"

뜻하지 않게 엄청난 구경을 하게 된 축구부원들과 주변의 학생들은 아주 난리가 나버렸다.

거기다 사람들이 모이면서 레오나르도 실바가 지금 S대 축구장에서 재중과 일대일 대결을 한다는 소문이 퍼지기 시작했다.

그러자 학생들뿐만이 아니라 주변 사람들, 거기다 기자들까지 몰려들어 버렸다.

"후훗, 이만하면 괜찮은 무대지 않아?"

수만 명의 관중 앞에서 공을 차는 것이 익숙한 실바는 지금의 상황이 나름 만족스러운 듯했다.

반면 재중은 쓴웃음을 지을 수밖에 없었다.

결론적으로 실바의 순수함이 자신의 고집을 조금은 꺾은 셈이었다.

툭~

"이번에는 네 차례야."

실바는 여유있게 재중에게 공을 넘겨주고는 수비 자세를 취하더니 순식간에 눈빛이 돌변했다.

"진심이군."

재중이 나직하게 한마디 하자,

"당연하지. 괴물을 상대로 진심이 아니면 난 축구를 관뒀을 거야."

씨익~

재중은 실바의 대답에 가볍게 웃어주고는 실바와 똑같이 드리블을 하기 시작했다.

그리고 실바가 앞으로 튀어나오자마자,

뻥!!

휘리리릭!!

철렁!!

"……!!"

"미쳤다!!"

"레오나르도 실바와 똑같은… 드리블… UFO 슛이라니……!"

"거기다 공이 휘어지는 궤도까지 비슷하지 않았냐?"

"미친! 저런 사람이 S대에 있었다니… 믿을 수가 없다!"

재중은 일부러 실바가 찬 것과 똑같이 드리블을 하면서 UFO 슛을 날렸다.

그것도 완벽하게 똑같은 궤도로 휘어져 똑같은 위치로 공이 들어가도록 말이다.

씨익~

그걸 본 실바는 오히려 웃고 있었다.

"역시 그래야지. 그래야 내가 인정한 괴물이지. 크크큭,

하지만 나도 저번처럼 쉽게 당하지는 않을 생각이야."

그리고 시작된 실바와 재중의 일대일 경기는 불과 10여 분 남짓 진행됐다.

짧다면 짧은 시간이 흘렀을 뿐이지만, 일대일이 끝났을 때는 축구장에 있는 모두가 얼어버린 듯 정적만이 흐를 뿐이었다.

"괴물 같은 놈."

물론 실바의 얼굴은 그 어느 때보다 개운하다는 표정을 짓고 있었다.

결과는 스코어로만 보면 무승부였다.

실바도 재중도 굳이 막을 생각이 없었으니 모든 슛이 골대로 들어가 버린 것이다.

하지만 재중과 실바의 일대일 대결을 지켜본 사람들은 재중이 이겼다고 막연하게 생각하고 있었다.

지친 듯 땀을 흘리는 실바와 달리 재중은 땡볕에서 10분 동안 뛰었는데도 땀 한 방울 흘리지 않고 있으니 말이다.

"어떻게 내가 한 슛을 모두 그대로 따라해 버리냐. 사람 허탈하게."

"후후훗, 그걸 원한 게 아니었나?"

실바는 투덜거리고 있지만 표정은 그다지 허탈한 표정이 아니었다.

이미 그는 재중이 자신의 기술을 그대로 따라할 것을 예상하고 있었다.

그런데 굳이 실바가 자신의 기술을 그대로 따라하는 재중을 보고서도 10여 분 동안 끝까지 대결을 유지한 이유는 따로 있었다.

바로 자신의 기술이 과연 제대로 연습한 것이 맞는지 재중에게 검사받을 생각이었던 것이다.

만약 재중이 자신보다 더욱 완벽하게 기술을 썼다면 당연히 실바의 표정은 지금과 많이 달랐을지도 몰랐다.

하지만 재중의 기술이 자신과 완벽하게 똑같았기에 만족한 표정을 지을 수가 있었다.

최소한 연습한 것이 괴물 같은 재중과 비슷하다는 것을 확인했으니 말이다.

"하지만 넌 이제 큰일 났다. 크크큭."

실바는 자신이 당한 것을 복수하는 양 장난스럽게 말했지만 재중은 표정의 변화가 없었다.

"그래도 난 흔들리지 않을 테니까."

"모든 것이 괴물 같은 녀석이었어, 넌 정말."

실바 자신도 솔직히 지금 한 일대일 경기의 결과가 세상에 알려진다면 당장 어떤 일이 있을지 짐작조차 되지 않기에 살짝 고민이 되었다.

하지만 재중은 정말 아무런 관심이 없는 듯한 표정이다.

마치 그러거나 말거나 나의 길을 간다는 것 같은 느낌으로 말이다.

그리고 이날 실바는 재중에게서 인생을 살아가는 데 있어 가장 중요한 것을 배우게 되었다.

바로 그 어떤 일에도 흔들림이 없는 마음을 말이다.

슈퍼스타라는 화려한 명성에 언제나 흔들리는 것이 사람의 마음이다.

하지만 이날 실바는 인생에 가장 큰 스승을 만난 것이다.

아니, 어쩌면 친구일지도.

Chapter 11
킬러를 대하는 법

재중귀환록

—마스터, 화려하게 사고 치셨네요. 후후후훗.

테라가 재중이 실바와 일대일 시합을 한 것을 두고 장난 삼아 말했다.

재중은 피식 웃어버렸다.

"결과는?"

—네, 우선 삼합회에서 보낸 두 팀은 제가 깨끗하게 저 멀리 서해바다 진흙 속 깊이 묻어버렸어요, 마스터.

"그럼 나머지 녀석들의 소식은?"

—음, 그게 참 애매해요, 마스터. 삼합회에서 보낸 킬러

는 아이린이라는 튼튼한 정보원이 있지만, 유럽과 북미에서 출발한 나머지 세 팀은 도무지 찾는 것이 힘들어서요.

"하긴 쉽진 않겠지. 전문적으로 사람을 죽이는 어쌔신들이니 말이야."

물론 대륙과 같이 직접 찾아와서 독이 묻은 단검으로 찌르는 아주 단순한 구조라면 정말 재중에게도 반가운 일이다.

하지만 이곳 지구는 총이라는 무기가 있었다.

그리고 그 무기는 킬러들이 가장 많이 사용하는 무기 중의 하나이다.

즉 지금부터 재중은 항상 저격을 염두에 두고 움직여야 했다.

세 팀의 킬러를 모두 처리하기 전까지는 말이다.

하지만 재중이기에, 아니, 드래곤인 재중만 할 수 있는 킬러를 가장 빠르고 확실하게 잡는 방법이 있으니 크게 문제될 것은 없었다.

"내가 이곳에 있다고 정보를 퍼뜨렸지?"

─네, 마스터. 킬러들이 쉽게 정보를 구할 수 있도록 마스터가 이쪽을 향하는 사진부터 흔적을 모두 확실하게 남겼어요.

기다리는 것이다.

오로지 천하무적인 자신의 몸뚱이 하나만 믿고서 말이다.

사실 이건 그 어떤 사람도 할 수 없는 방법이지만 그만큼 가장 확실한 방법이기도 했다.

재중이 먼저 움직여서 장소를 정해 버렸으니 미리 폭탄을 설치한다든가 하는 트랩의 걱정은 무조건 제외할 수 있었다.

재중에게는 그것만으로도 작지 않은 큰 이득인 셈이었다.

무엇보다 연아에게 킬러들이 접근할 수 있는 가능성이 가장 낮은 방법이기도 했다.

"벌써 한 팀이 온 건가?"

재중이 느긋하게 앉아 있는 듯하지만 이미 이 산 전체가 재중의 감각 아래 놓여 있었다.

그리고 방금 은밀하게 움직이는 두 명의 기척이 바로 재중의 감각에 걸려든 것이다.

ㅡ그럼 전 이만 구경할게요.

테라는 재중이 자신을 직접적으로 공격한 녀석은 대부분 직접 처리하는 성격임을 알기에 조용히 재중의 그림자 속으로 들어가 버렸다.

그리고 약 5분이 지났을까?

끼리릭.

재중의 예민한 귀에 천천히 방아쇠를 당기는 소리가 들렸다.

그리고 아주 느리게 당기던 방아쇠 소리가 철컥 하는 둔탁한 소리로 바뀌는 순간,

풋!!

소음기를 지나는 총알 소리와 함께 재중은 너무나 자연스럽게 고개를 숙여 버렸다.

퍽!!

재중의 머리를 노린 총알이 허무하게 제법 멀리 떨어진 커다란 나무에 박혀 버렸다.

"젠장, 운도 좋은 녀석."

킬러에게는 재중이 자연스럽게 나뭇가지를 치우려고 고개를 숙인 것처럼 보였다.

재중이 운이 좋다고 생각한 킬러가 다시 조준하기 위해서 스코프를 보는 순간,

"어? 어디 갔어?"

분명히 방금 전까지 재중이 앉아 있던 커다란 바위 위에 있어야 할 재중이 사라져 버린 것이다.

"날 찾았나?"

"헉!!"

갑작스런 목소리에 킬러는 놀라면서도 훈련된 기계처럼 품에서 권총을 꺼내 목소리가 들린 뒤쪽을 향해 거침없이 방아쇠를 당겼다.

탕탕탕!!

한 번이 아닌 무려 세 번이나 방아쇠를 당긴 킬러는 그제야 몸을 돌렸는데, 몸을 돌린 킬러가 본 것은 너무나 황당하게도 동료의 목을 쥐고 있는 재중이었다.

"쿨럭쿨럭!"

그리고 어이없게도 그가 쏜 총알이 모두 자신의 동료이자 파트너의 가슴에 정확하게 박혀 있는 것이다.

휙!

털썩!

재수없게 킬러가 쏜 마지막 세 발째가 파트너의 심장에 정확하게 박혀든 듯했다.

곧 죽어버린 녀석을 재중은 마치 쓰레기 버리듯 던져 버리고는 다시 시선을 돌려 킬러를 보았다.

씨익~

재중의 입가는 미소를 짓고 있지만 그 미소를 마주한 킬러는 온몸이 얼어붙는 듯한 공포가 자신의 몸을 통과하는 것을 느껴야만 했다.

"어, 어떻게……."

"몰랐어? 내가 너희를 이곳에 유인한 건데."

"설마······!"

킬러는 그제야 재중을 찾는 것이 너무 쉬웠다는 생각이 들었다.

타깃이 그저 평범한 사람이라는 정보를 너무 믿은 것이 킬러에게는 불행한 일이었다.

그리고 실바도 몰랐을 것이다.

재중이 자신과 일대일 대결을 한 것이 모두 킬러들의 이목을 집중시켜 지금처럼 쉽게 찾아오게 만들기 위한 하나의 함정이었다는 것을 말이다.

재중이 떠들썩하게 움직일수록 당연히 킬러들은 쉽고 빠르게 다가올 것이 분명했다.

그리고 재중은 그런 킬러들의 습성을 그대로 이용했을 뿐이다.

혹시라도 킬러들이 재중을 찾기 위해 연아를 노리는 것을 초반에 막으려면 실바와 일대일 대결을 해서 매스컴과 S대 전체의 이목을 끄는 것만큼 확실한 방법은 없었다.

우드득!

재중은 드래곤 아이의 살기에 완전히 지배당해 꼼짝도 못하는 첫 번째 킬러의 목을 가볍게 잡아 꺾어버리고는 마치 쓰레기 버리듯 시선이 잘 닿지 않는 곳에 던져 버렸다.

그런데 재중이 던진 킬러의 시체를 마치 땅이 살아 있는 듯 집어삼키기 시작했다.

불과 몇 초가 지났을까? 킬러의 시체는 흔적조차 없어져 버렸다.

"자, 그럼 다음 킬러를 기다려 볼까?"

재중은 타이밍 좋게 감각에 걸려든 다른 킬러를 기다리기 위해 조금 전에 앉아 있던 바위 위에 다시 모습을 드러낸 채 평온한 모습으로 앉았다.

그런데 이번 녀석은 첫 번째 킬러보다 좀 더 뒤쪽에서 움직임이 멈추더니 그대로 정지했다.

"저격에 자신이 있다는 건가?"

첫 번째 킬러도 거의 900미터나 떨어진 곳에서 재중의 머리를 정확하게 노렸는데, 이번 두 번째 킬러는 그보다 더 먼 곳에서 자리를 잡은 것이다.

"대충 1,200미터인가?"

일반 평지에서도 솔직히 1,200미터는 결코 짧은 거리가 아니다.

그런데 산에서는 오죽하겠는가?

아니, 킬러는 만약 자신의 위치를 들킨다고 해도 산이라는 특성상 이미 자신은 흔적을 지우고 유유히 떠난 뒤에나 재중이 찾을 수 있을 거라고 생각했을 것이다.

"응?"

그런데 여유롭던 재중의 표정이 달라졌다.

그리고 재중의 얼굴에 떠오른 것은 방금 들린 소리에 궁금증이었다.

"뭐지, 이건?"

소리가 굉장히 두껍고 무언가 육중한 느낌이다.

일반적으로 저격총이 길고 무게가 제법 나가는 편이긴 하다.

하지만 지금 재중이 들은 총의 소리는 웬만한 저격총의 서너 배는 가볍게 넘어갈 만큼 무거운 소리였기에 표정에 궁금함이 그려진 것이다.

─마스터, 그냥 저격용이 아닌데요, 저건.

"응?"

마법으로 어둠이 내린 곳이라면 어디든지 이동이 가능한 테라는 먼저 구경하고 온 듯 재중의 궁금증에 대답했다.

─알아보니까 바렛이에요, 바렛. M82A1이라는 대물 저격총이에요, 마스터.

"쩝, 그래서 1,200미터에 자리를 잡았구만."

바렛이라는 이름으로 잘 알려져 있는 M82A1은 말 그대로 대물을 잡는 전용 저격총이었다.

실제 사거리는 1,800미터로 알려져 있지만 실제로는 오

스트레일리아군 저격수가 이 괴물 같은 바렛을 사용해서 2,815미터에서 저격에 성공한 기록이 있다고 하니 사격수의 능력에 따라 최대 2,800미터까지 사거리가 늘어날 수도 있는 괴물 중의 괴물이었다.

거기다 엄청난 덩치답게 총알은 12.7㎜를 사용하는 총으로 본래 사람을 저격하기 위해서 만든 총이 아니었다.

방탄으로 완전 무장한 차량 안에 있는 사람을 저격하기 위해서 만든 총이 바로 이 바렛이었다.

그러다 보니 장갑차를 뚫고 저격이 가능하도록 만들어진 것이다.

물론 지금은 장갑차가 워낙에 발전해서 그저 방탄유리를 뚫는 정도에 그치는 성능이다.

하지만 그것만으로도 저격수들이 사용하기에는 사실상 최강의 무기라고 해도 과언이 아닐 만큼 괴물이었다.

웬만한 건물 벽은 그냥 뚫고 나가 저격이 가능하다 보니 사실상 정확하게 타깃만 확인한다면 거의 모든 저격이 가능한 것이다.

이런 것을 생각하면 1,200미터는 오히려 킬러에게 가장 안전한 거리인 셈이었다.

다른 저격총은 빠른 기동성을 무기로 하는 반면 총알의 무게가 가볍다 보니 바람과 습도, 그리고 태양의 온도까지 신경 써야 하지만; 바렛은 그런 것을 모두 신경 써야 하는 것은 비슷하지만 그 여유의 폭이 굉장히 넓을 수밖에 없었다.

끼릭!

끼리리리릭!

괴물 총답게 방아쇠를 당기는 소리도 엄청 크게 들리자 재중은 문득 궁금해졌다.

"과연 저 총의 위력이 얼마나 될까?"

누가 들으면 완전 미친 소리라고 난리가 날 것이다.

대물용 저격총이 지금 자신을 노리고 있는데 한가롭게 총알의 위력을 궁금해하니 말이다.

길가에 돌아다니는 돌+아이도 아마 그건 미친 짓이라고 말릴 것이다.

"한번 맞아봐?"

하지만 재중은 오히려 그런 생각을 하고는 방아쇠를 끝까지 당기는 소리가 들리는데도 가만히 앉아 있었다.

쾅!!

그리고 방아쇠가 무언가를 튕기는 소리가 들리는 순간, 엄청난 굉음과 함께 바렛만의 특징인 화살표 모양의 소음기가 불을 뿜었다.

휘리리릭!!

"온다."

재중은 자신의 감각을 찢어버리면서 날아오는 바렛의 12.7㎜탄을 느낄 수가 있었다.

쾅!!

그리고 바렛이 불을 뿜고 0.2초가 지났을까?

재중은 커다란 충격과 함께 바위 위에서 나가떨어져 버렸다.

"성공이군."

재중이 거의 끈 떨어진 인형처럼 바위 밑으로 떨어지는 것을 스코프로 확인한 킬러는 입가에 미소를 지으면서 바렛의 탄창을 분해하기 시작했다.

그런데 문득 탄창을 빼던 킬러의 손길이 멈췄다.

"왜 피가 튀지 않았지?"

킬러는 정확하게 재중의 머리를 노렸다.

당연히 인간이 피가 많이 몰려 있는 머리가 바렛의 12.7㎜탄에 맞았다면 스코프 가득히 피가 튀는 장면이 보여야만 했다.

하지만 킬러가 본 것은 인형처럼 바위 밑으로 나가떨어지는 장면이었다.

"다시 한 번 볼까?"

킬러는 혹시나 바렛의 위력이 너무 강해서 스코프로 미

처 확인하지 못했을 수도 있다는 생각에 다시 스코프에 눈을 가져다 댔다.

하지만 다음 순간, 킬러는 너무 놀라서 자신도 모르게 입을 떡 벌렸다.

방금 정확하게 12.7㎜탄을 머리에 맞은 재중이 목을 돌리면서 일어서고 있는 것이다.

"미친!! 저게 말이 돼?"

아무도 없는 곳에서 혼자 소리친 킬러는 다시 빠르게 장전하고 재중을 향해 방아쇠를 당겼다.

쾅!!

마치 대포가 불꽃을 뿜듯 바렛의 소음기가 불을 뿜었다.

이번만은 확실히 재중의 머리를 박살 낼 것이라고 믿고 있던 킬러는 황당한 것을 스코프를 통해 보고 말았다.

쾅!!

"역시 머리보다 주먹이 충격이 거의 없구만."

황당하게도 재중은 바렛의 총알이 머리에 닿기 직전 주먹으로 총알을 쳐내 버린 것이다.

"미친!! 저게 무슨 말도 안 되는 짓이야!!"

지금까지 킬러 생활을 하면서 권총의 총알도 튕겨냈다는 말도 들어본 적이 없다.

그런데 바렛의 총알을 튕겨내?

벽도 뚫고 저격하는 무시무시한 괴물이 뿜어내는 총알을?

이건 자신이 눈으로 보고도 믿을 수가 없었다.

반면 황당함에 울부짖는 킬러와 달리 재중은 자신의 호기심 때문에 잠시 미친 짓을 한 것을 살짝 후회하는 중이다.

―마스터, 제법 충격이 있어요?

바렛의 12.7㎜ 총알이 재중의 머리에 닿기 바로 직전, 나노 오리하르콘이 반응해서 외상은 전혀 없었다.

하지만 역시나 정확하게 머리를 맞아서 그런지 살짝 뇌가 흔들렸던 것이다.

물론 드래곤이다 보니 그런 뇌 흔들림으로 인한 충격은 불과 0.5초 만에 정상으로 돌아왔지만 말이다.

하지만 확실히 재중에게는 새로운 경험이긴 했다.

자신에게 적은 충격이긴 하지만 영향을 줄 수 있는 무기가 있다는 것을 몸으로 확인했으니 말이다.

―마스터, 곧 세 번째 킬러가 이곳을 올 것 같아요.

"그래?"

첫 번째 킬러는 소음기를 이용해 조용히 저격하는 타입이라서 주변이 조용했지만, 이번 두 번째 킬러는 엄청난 폭음을 일으키는 바렛을 들고 와서 저격하는 놈이다 보니 빠르게 처리해야만 했다.

혹시라도 세 번째 킬러가 바렛의 폭음을 듣고 발길을 돌려 버리면 재중에게는 그것만큼 골치 아픈 일이 없었으니 말이다.

생각하는 것은 조금 길었지만 재중의 행동은 그 누구보다 빨랐다.

우드득!!

두 번째 킬러의 목을 발로 밟아서 확실하게 부러뜨려 처리한 다음 바렛을 테라에게 주는 재중이다.

"나중에 혹시 쓸 일이 있을지도 모르겠다."

ㅡ네, 마스터.

지구의 과학에 유난히 관심이 많은 테라였기에 바렛처럼 괴물 같은 위력을 가진 총은 확실히 그녀의 호기심을 자극할 만큼 매력적이기도 했다.

"자, 그럼 두 번째도 처리. 이제 남은 것은 하나인가?"

아이린의 정보가 정확하다면 지금 산을 올라오고 있는 킬러가 아마 마지막일 것이다.

그런데 좀 전 킬러들을 유인하던 것처럼 바위 위에 앉아서 감각에 걸린 킬러를 감시하던 재중은 고개를 갸웃거렸다.

"뭐야? 왜 이리 가까이 오는 거지?"

당연히 총으로 저격할 것이라고 생각한 재중이다.

그리고 그런 재중의 생각을 증명하듯 첫 번째 킬러는 900미터 정도에서 저격했다.

당연히 두 번째 킬러도 저격했다.

바렛이라는 생각지도 못한 괴물을 들고 오긴 했지만 말이다.

그런데 지금 재중의 감각에 걸린 세 번째 킬러는 벌써 500미터 앞까지 다가온 것이다.

그리고 그 거리는 점점 좁아지고 있었다.

"저격이 아니라 새로운 타입인가?"

대륙이야 총이라는 무기가 없다 보니 당연히 가까이 다가와서 죽이는 것이 보통이었다.

하지만 지구에서는 총이라는 싸고 좋은 확실한 무기가 있기에 당연히 세 번째도 총일 것이라고 생각했다.

그런데 그런 재중의 모든 예상을 깨뜨린 세 번째 킬러는 어느새 불과 10미터 앞까지 다가와 있다.

부스럭부스럭.

그리고 약간의 시간이 흘렀을까?

그저 등산하는 일반 사람과 비슷한 옷차림의 외국인 여성이 모습을 드러냈다.

손에는 팔뚝 길이만 한 단검을 양손에 쥐고서 말이다.

"내가 누군지는 굳이 말하지 않아도 알겠지?"

킬러치고는 뭔가 특이하긴 했다.

쌍검을 들고, 거기다 타깃에게 인사까지 하는 것을 보면 말이다.

"킬러겠지. 랜필드 가문에서 나를 죽이라고 보낸. 안 그래?"

재중이 이미 자신을 보낸 사람까지 알고 있다고 대답하자,

"역시… 이상하게 보수가 좋더라니."

먼저 온 두 명의 킬러와 달리 지금 재중을 찾아온 세 번째 킬러는 이번 타깃에 대한 정보를 받고는 뭔가 이상함을 느꼈다.

일반적인 한국의 평범한 남자를 처리하라고 하는 데 보수가 너무 높았던 것이다.

물론 랜필드 가문이라는 것을 생각하면 그들에게는 껌 값일지도 모른다.

하지만 킬러란 본래 자기 자신 외에는 모두가 적이라는 생각을 항상 하는 편이고, 재중의 제거를 요청받은 세 번째 킬러는 그것이 유독 심한 편이었다.

과거 별로 어렵지 않던 의외를 받았다가 속아서 파트너를 잃어버린 경험이 지금의 그녀를 만들었으니 말이다.

그리고 그녀는 상황을 알아보던 중에 자신뿐만이 아니라 이미 네 명의 킬러가 동시에 고용되었다는 것도 확인했다.

킬러를 고용할 때 먼저 반을 선수금으로 받는다.

그리고 타깃을 제거하면 나머지 반을 받는 것으로 거래하는 것이 일반적이다.

당연히 나머지 네 명도 선수금을 받았을 것이다.

그럼 정말 말도 안 되게 많은 액수일 수밖에 없다.

먼저 재중을 처리한 킬러에게 돈을 더 준다는 것도 없었으니 다섯 팀의 킬러 중에 누군가가 먼저 재중을 처리한다면 다른 킬러들은 그냥 앉아서 선수금이라는 공돈이 생기게 되는 셈이다.

한번 의심을 시작하자 모든 것이 의심스러워진 세 번째 킬러는 한국에 가장 먼저 들어왔지만 무조건 기다렸다.

다른 킬러들이 움직이기를 말이다.

그리고 오늘 드디어 킬러들이 움직였기에 눈치를 보다가 가장 마지막에 움직인 것이다.

씨익~

재중은 그녀의 푸념에 웃어주고는,

"내 목숨 값이 제법 비싼 모양이군그래."

재중은 그냥 한 말이었는데 세 번째 킬러는 너무나 간단하게 고개를 끄덕이고는,

"아주 많이 비쌌지. 보니 나 외에 다른 팀은 실패한 모양인데, 쳇, 나도 성공하긴 글렀군."

나름 난다 긴다 하는 킬러들이었다.

물론 세 번째 킬러인 자신도 나름 이 바닥에서 이름을 날리고는 있지만, 다른 녀석들도 절대로 만만한 녀석들이 아닌 것은 확실했다.

하지만 그런 녀석들이 다 실패했다는 것은 자신이 모르는 것이 재중에게 있다는 뜻이다.

킬러들이 가장 경계해야 하는 것 중에 하나가 바로 의외성이다.

아주 사소한 의외성일지라도 그것 하나로 인해서 의뢰가 실패하고, 반대로 자신이 쫓기는 처지가 되는 것이 비일비재한 곳이 바로 이 바닥이었으니 말이다.

"그냥 죽어주면 안 될까?"

마치 장난치듯 사정하는 그녀의 모습에 재중은 피식 웃으면서,

"그럼 내가 그냥 돌아가 주면 안 될까 하면 돌아갈 텐가?"

재중도 처음 보는 타입의 킬러였기에 그냥 장난치는 마음으로 한 말이다.

그런데 뜻밖에도,

"응."

그러고는 곧바로 몸을 돌리더니 재중에게 손까지 흔들면서 그대로 내려가 버리는 것이 아닌가?

"…저 녀석, 뭐지?"

너무나 황당한 상황에 웬만해서는 냉정을 잃지 않는 재중도 순간 몇 초간 멍해 있었다.

―마스터, 웃긴 킬러네요.

테라도 재미있다는 듯 말하는 것을 보면 확실히 특이한 녀석이긴 했다.

그리고 그와 동시에 묘한 호기심이 생겨난 재중이다.

"저 녀석, 왠지 마음에 들지 않아?"

―마스터, 설마 킬러를 옆에 두실 생각은 아니시죠?

"그냥 재미있어서 한번 이야기를 나누고 싶은 마음이 생겨서 말이야."

―에휴, 마스터의 명령이라면 제가 무엇을 못하겠습니까.

그리고는 사라졌다 나타난 테라의 한 손에는 방금 산 밑으로 내려간 여자 킬러가 잡혀 있다.

"이씨, 그냥 보내준다고 하고서는……."

막상 테라의 손에 잡혀온 킬러는 공간이동으로 잡혀왔다는 놀라움보다 재중이 다시 자신을 잡아왔다는 것이 불만인 듯 투덜거렸다.

씨익~

"그것참, 재미있는 킬러네."

그런데 이런 재중의 마음과 달리 킬러는 갑자기 테라의 손에서 벗어나자마자 옷을 훌렁훌렁 벗어버리는 것이 아닌가?

그리고는 그대로 재중이 앉아서 킬러들을 유인하던 바위 위에 실오라기 하나 걸치지 않은 나체로 벌러덩 누워 버렸다.

"……."

─…….

정말 이번만큼은 테라와 재중 둘 다 어이가 없어서 할 말을 잃었다.

하지만 이런 황당한 행동이 과연 생각 없는 행동일지는 아마 세 번째 킬러 본인만이 알 것이다.

Chapter 12
꼴통

재중귀환록

"그러니까 이름은 바네사이고, 나이는 31살, 국적은 호주이지만 주 활동 무대는 유럽이라는 거군."

재중은 황당하게 나체로 발가벗고는 바위 위에 대자로 누워서는 마음대로 하라는 듯 배짱부리는 바네사의 모습에 어이가 없었다.

하지만 한편으로는 그런 그녀의 행동이 모두 계산된 행동이라는 것을 깨달은 것도 금방이었다.

그녀의 눈동자가 포기하지 않고 있었다.

사실 재중도 그녀를 어떻게 하겠다는 마음은 이미 사라

져 버린 지 오래였다.

어쩌면 바네사의 이런 엉뚱한 행동이 나름 반은 성공한
셈이었다.

뭐 상황을 보면 알겠지만 정확하게 딱 반만 성공한 것이
다.

아직 재중의 손을 벗어나지는 못했으니 말이다.

그때부터 바네사는 킬러답지 않게 재중이 묻는 말에 모
두 대답했다.

그런데 황당하게도 바네사가 대답하는 말이 모두 사실이
었다.

"킬러라면 비밀이나 뭐 신비로운 그런 거 없어?"

오죽하면 재중이 킬러에게 신비로움이 없느냐고 물어보
기까지 하겠는가?

"아, 그런 게 밥 먹여주는 것도 아니고 어차피 타겟만 정
확하게 처리하면 돈은 벌리는데 더 이상 뭐가 필요해…
요?"

바네사는 지금 상황을 정확하게 인지하고 있었다.

지금 자신이 재중에게 잡혀 있는 신세라는 현실을 말이
다.

그래서 그런지 재중이 자신보다 어려 보이기는 하지만
살짝 말꼬리를 흐리면서 존대를 한다.

하지만 묘하게 어색한 바네사였다.

"크크크크크큭."

재중은 정말 지구에 와서 오랜만에 크게 웃고는 잠시 바네사를 쳐다보다가 물었다.

"그냥 귀찮은 의뢰 받고 하는 일 말고 나랑 일할래?"

"……?"

바네사는 뜬금없이 자신을 죽이러 온 킬러에게 동업하자고 말하는 재중을 보고 든 생각은 단 하나였다.

'이놈도 단단히 미친놈인가 보네.'

상식적으로 자신을 죽이러 온 킬러에게 동업하자고 제의하는 사람이 과연 얼마나 되겠는가?

이건 기본적으로 이해를 넘어서 도무지 말도 안 되는 이야기를 지금 재중이 하고 있는 것이다.

하지만 바네사는 곧 재중이 입은 웃고 있지만 눈동자는 차갑게 식어 있다는 것을 확인하자 확신했다.

'머리 좋은 놈이 미치면 정말 대책 없다더니 딱 지금이네.'

라고 말이다.

"지금 내가 미친놈이라고 생각했지?"

움찔!

바네사는 정확하게 재중이 자신의 속마음을 알아채자 순

간 움찔거렸다.

그나마 아직 표정은 아니라는 듯 원래 모습을 유지했다.

하지만,

"머리 좋은 놈이 미쳐서 걱정되나 보지?"

멈칫!!

두 번째 재중의 말에는 움찔거림을 넘어서 모든 행동이 잠시 완전히 멈춰 버린 바네사였다.

그리고 머릿속에서 또다시 떠오른 생각이 있었다.

'초능력을 가진 미친놈이다.'

라고 말이다.

하지만 그것조차도,

"방금 초능력 가진 미친놈이라고 생각했지?"

딸꾹!

이번에는 너무 놀라서 순간 딸꾹질을 해버린 바네사였다.

그리고 그런 바네사를 보면서 재중은 의미 모를 미소를 입가에 그리고는 천천히 일어서더니 손을 내밀었다.

"마지막 기회야. 내 손을 잡아서 동업할래, 아니면 저기 묻힐래?"

재중이 가리킨 손가락을 따라가 보니 언제 팠는지 깊은 구덩이 하나가 덩그러니 입을 벌리고 바네사를 향해 손짓

하고 있다.

물론 테라가 파놓은 것이다.

딸꾹!

건의하는 재중은 선택의 여지를 줬다고 생각할지 모르지만 정작 당하는 바네사는 이미 정해진 것을 선택하라는 재중의 잔인함에 온몸을 부르르 떨 수밖에 없었다.

'죽을래, 아니면 내 밑에서 개처럼 일할래?' 하는 말로밖에 들리지 않았으니 말이다.

"마스터로 잘 모시겠습니다."

바네사는 잠깐 고민했지만 행동은 정말 빠르고 간결했다.

재중의 손을 양손으로 공손히 잡았으니 말이다.

물론 재중은 바네사의 손을 잡는 순간 그녀의 몸속에 나노 오리하르콘을 집어넣어 버렸다.

재미있는 것과 믿을 수 있는 것은 엄연히 달랐다.

그리고 바네사의 성격상 아무래도 배신을 자주 할 것 같은 느낌이 들었다.

나노 오리하르콘을 그녀의 몸속에 넣은 이유이기도 했다.

"저기… 마스터."

"응?"

"그런데 저… 늙어서 그다지 재미가 없을 거예요. 그것만은 좀 요구하지 말아주세요."

"……?"

재중은 순간 바네사가 말하는 게 무슨 뜻인지 생각하다가 뒤늦게 깨닫고는 어이없다는 표정으로 바네사를 쳐다봤다.

"내가 부하랑 그런 거나 할 녀석으로 보이니?"

재중이 황당하다는 듯 말했지만 바네사는 정말 진심으로 다시 말했다.

"그게… 남자는 아빠 빼고 다 그런 것만 생각한다고……."

"그냥 저기 들어갈래?"

재중이 테라가 파놓은 구덩이를 가리키자 강하게 고개를 흔드는 바네사였다.

"호호호호호! 그냥 그렇다는 거죠! 호호호호호!"

"배신을 밥 먹듯이 하겠구만."

멈칫!

재중의 뼈있는 한마디에 잠시 몸이 경직된 듯 멈춘 바네사는 빠르게 표정을 정리했다.

"최소한 배신을 해도 전 당당하게 할게요, 마스터."

"당당하게 배신을?"

재중은 하는 말마다 황당해 되물었다.

"뭐… 전화나 편지, 아니면 팩스로 배신한다고 말하고 배신하면… 그게 당당하게 배신하는 거 아닐까요?"

"그러든지."

재중도 이번만큼은 그냥 그러려니 해버렸다.

재미있어서 주웠더니 알고 보니 순 꼴통이었다.

그것도 은근히 귀여운 매력이 있는 꼴통이다.

『재중 귀환록』9권에 계속…

현대백수 장편 소설

FUSION FANTASTIC STORY

간웅

뇌성벽력이 치는 어느 날!
고려 황제의 강인번을 들고 있던
어린 병사가 낙뢰를 맞고 쓰러졌다.

하지만… 다시 눈을 뜬 이는
현대 대한민국에서 쓸쓸히 죽은
드라마 작가 지망생.

고려 무신 시대의 격변기 속에서 눈을 뜬 회생[回生].
살아남기 위해! 죽지 않기 위해!
그의 행보로 인해 고려는 서서히
변하기 시작하는데……

치세능신 난세간웅(治世能臣 亂世奸雄)!

격동의 무신 시대!
회생, 간웅의 길을 걷다!

Book Publishing CHUNGEORAM

유행이 아닌 자유추구 -
WWW.chungeoram.com

절정고수들이 하늘 높은 줄 모르고 질주하는 현 세상.
서른여덟 개의 세력이 서로를 견제하는 혼돈의 시대.

그 일족즉발의 무림 속에
첫 발을 디딘 어린 소년.

"나는 네가 점창의 별이 되기를 원한다."

사부와의 약속을 지키고
난세로 빠져드는 천하를 구하기 위해
작은 손이 검을 들었다!

박선우 新무협 판타지 소설 FANTASTIC ORIENTAL HE

풍운사일